陪伴：三年的班主任心路历程

任俊琴

汕头大学出版社

图书在版编目（CIP）数据

陪伴：三年的班主任心路历程 / 任俊琴著. — 汕
头：汕头大学出版社，2018.4
ISBN 978-7-5658-3606-0

Ⅰ. ①陪… Ⅱ. ①任… Ⅲ. ①日记－作品集－中国－
当代 Ⅳ. ①I267.5

中国版本图书馆 CIP 数据核字(2018)第 092009 号

陪伴：三年的班主任心路历程

PEIBAN SANNIAN DE BANZHUREN XINLU LICHENG

著　　者：任俊琴
责任编辑：汪小珍
责任技编：黄东生
封面设计：瑞天书刊
出版发行：汕头大学出版社
　　　　　广东省汕头市大学路 243 号汕头大学校园内　　邮政编码：515063
电　　话：0754-82904613
印　　刷：廊坊市国彩印刷有限公司
开　　本：710mm×1000 mm　　1/16
印　　张：12
字　　数：180 千字
版　　次：2018 年 4 月第 1 版
印　　次：2019 年 3 月第 1 次印刷
定　　价：40.00 元
ISBN 978-7-5658-3606-0

前　言

做教师是我打小的一个梦想，做班主任却不是我的梦想。但在本命年即将来临之际，还是做了班主任。本命年来了，想想真的可怕。不是害怕自己变老了，毕竟青春留不住，而是觉得，三十六了，就不能再叫小鲜肉了。抓不住青春的尾巴，只能是闻闻青春的屁屁了。

说说我自己吧。为什么会想着写这样的一本书呢？第一是因为闲的，只有悠闲，有闲，才能静下来、坐下来敲打键盘，转化成文字。第二是因为职业。我的职业告诉我，历史是人民书写的，每个人都应该是自己历史的书写者和记录者，如果我们不能将自己的经历集结，那么我们对于后人就是一串数字，而不是一个鲜活的人。甚至，我们以后不会有墓志铭，只会有二维码，扫二维码，就是扫墓。第三，我之前写了从教十年的纪念文字，反响不错，所以把班主任三年作为纪念文字展播，想必也是一个极好的事情。第四，我就是想写了，何必苦苦追问！

不过话又说回来，写作是一件很痛苦的事情。就像我回忆自己从教十年，很多事情都是马赛克，而如果让我若干年以后回忆自己的班主任生涯，基本上就是模糊一片。所以，及时写作，纪实写作，就是晒幸福，就是见证成长，就是让大家看一看，一个小鲜肉，是如何慢慢变成腊肉的。

三年班主任，是我最为幸福快乐的时光。记得有位哲人曾讲，当你知道什么时候是最快乐的时光，就证明你已经失去了。是的，我已经失去了最快乐的三年班主任时光。指缝太宽，时光太瘦，一辈子原来真的很短。明天变成了今天，成为了昨天，最后成为记忆里不再重要的某一天，像极了孔子所言："逝者如斯夫！"

将过去抱得太紧，就会腾不出手来拥抱现在。与其伤心回忆，不如微笑遗忘。浮生若梦，浮尘如空，为欢几何，百转千折。因为看轻，所以快乐；因为看淡，所以幸福。有的时候，你想得到的东西再努力也终究不属于你，而那些本不该属于你的就算你不想要也会得到！

三年三年又三年，班主任的生活或许枯燥，但因为学生的不同而又显得那么的有趣。这本书，是一届学生高中三年学习生活的全景记录。对于老师，是一份工作总结；对于学生，是一份美好的回忆；对于参与者，这是一份很好的礼物；对于旁观者，这也是一份很好的经验。

感谢三年来班级的每一个孩子，是你们和我共同成就了这些文字。

感谢三年来我教过的每一个孩子，是你们忍受了我各种言语的"折磨"。

感谢那些一直鼓励我出书的同事和朋友，现在，你们的鼓励就要变成现实了。

目　录

你们是我的小呀小苹果之迎接新生

2014-08-06

2014年，最火的歌曲，莫过于筷子兄弟的《小苹果》；2014年最大的意外，莫过于学校安排我做高一班主任。连续在高三教学，对于高一，我基本上就是"救火队员"，高一老师生孩子了，高一老师生病了，我才会匆忙地给高一学生上一段时间的课。应该说，对于高一，我已经生疏了，再加上是做班主任，我会不会手忙脚又乱，心里是打鼓的。那种既希望自己能从高一带起完成一个循环，又担心班主任工作影响了自己教学的想法，当时是盘桓在我的脑海里的。

7月18日，第一次班主任工作会议，教育处徐主任给我们新的高一班主任开会，讲了相关的要求。可以说，从这次会议开始，我才真正进入角色。我知道，对于推不掉的事情，与其带着情绪去工作，不如开开心心地去干活。8月4号，演出开始了。

早上8点半，第二次班主任会议，安排布置上午接新生的工作。开完会之后我就直接去了操场，拿着高一（2）班的牌子，引导学生进教室。第一件事情就不顺利，通往我们班的那个侧门，师傅并没有打开，只好绕行。幸好也不远，也算是让学生熟悉一下整个教学楼吧。进入教室之后，让学生自由落座。清理出多余的课桌，将校服统计的单子让学生传递填写。在这个间隙，我把开学第一件事——军训进行了讲解和布置。之后领着4个男生去拿《学习发展手册》和校服。

一路无话，再回到教室。为了让学生的校服能够合身，我给学生15分钟的时间进行试穿，出乎我意料的是，学生只用了短短9分钟的时间就完成了任务，为此我特意表扬了学生。他们的行为，正是八中校训中"惜时"的最好写照。由此，我开始讲高中的学习，高中不同于初中，高中从一入学就要争分夺秒地去学习。我做了一个简单的调查，班级有1/2的学生已经在假期参加了初高中衔接课的学习，这让我心里很踏实。但我并不是鼓励学生一定要去参加衔接班的课程，为此我给学生提出了学习上的一些要求，讲了学习的3个层次。同时告诉学生：每天坚持写1篇日记，每年就是365篇；每天花1小时网聊，每年就是365小时；每天看10页有用的书，每年可看3600多页；时间可以积累，时间也可以浪费，你用时间做什么事，你就会成为什么样的人；一个人用闲暇的时间做什么事，决定了他梦想实现的速度。

也算是第一次的思想教育吧。话到此时，我才开始自我介绍，并不是我一开始忘记了，而是因为我特殊的名字，我想放到后面介绍，学生的惊讶程度能小一些。最后留下了电话、QQ，方便学生联系。当所有事情都结束之后，我嘱咐学生，将自己身边的垃圾带出教室，到操场上找自己的爸爸妈妈回家，注意安全。这一天的新生见面到此结束。

回头去反思，还是发现了自己的一些问题：

一、以为新生领取通知书的时候就登记了校服尺码，差点忘记统计校服的号码就让学生去领取校服。

二、没有统计学生的身份证办理情况，因为这个事情不是那么着急。

三、离开教室的时候我没有检查门窗和电扇是否关闭，导致后来我又返回去关窗、关电扇。

总体感觉，我的学生还是蛮可爱的，我也算是开了一个好头，如同歌中所言：今天是个伟大的日子。从今以后，我或许会"变成蜡烛燃烧自己，只为照亮你"。因为有了你们，"你让我每个明天都变得有意义"。

你（们）是我的小呀小苹果儿，怎么爱你（们）都不嫌多。让我们一起种下希望，就会有收获。

你们是我的小呀小苹果之军训

2014-9-2

军训之历史，不会早于 1989 年，距今，也不过是 25 年的历史。之后，军训成为了一门必修课，上至大学，下至小学，乃至一些地方的幼儿园，也都有了军训，名曰：锻炼身体，培养意志。

2014 年 8 月 25 日，大连八中第二十四期青年军校开学典礼，高一新生入学的第一课，还没有教材，就已经领略了操场的魅力、小球馆的闷热。历史不忍细看，但历史有着惊人的相似。1937 年 8 月 25 日，中共中央革命军事委员会主席毛泽东，副主席朱德、周恩来发出关于红军改编为国民革命军第八路军的命令。朱德任八路军总指挥，彭德怀任副总指挥，叶剑英任参谋长，左权任副参谋长，任弼时任政治部主任，邓小平任副主任。下辖三个师：第一一五师，师长林彪、副师长聂荣臻；第一二○师，师长贺龙、副师长萧克；第一二九师，师长刘伯承、副师长徐向前。和那个伟大历史事件一样的日子，注定了 2014 年 8 月 25 日的军训将与众不同，也将永存学生心底。

我是不忍心让学生受苦受累的人，我虽不是菩萨，也没有菩萨心肠，但不管怎样，在我的手底下，我就得让孩子们在规则之内尽可能少吃苦，我知道这与军训的主题不符，但这与我的处事风格相符。背靠大树有阴凉，农夫山泉要跟上，休息时涂抹防晒霜，白色帽子也带上。这样的待遇也就是 2 班了，2 班，军训就是不一般。

抱腹训练，很是认真，头顶蓝天，脚踏陆地，一身蓝精灵的校服，我八中学子，英姿飒爽，这一组单练，个个很棒。这一个班级的练习，也是最强。

当然，我的慈悲为怀，也和学校的仁义有关。每天下午最热的时候，学生们都不在操场，而是在小球馆进行学习，有丁校长的讲座，李校长的校史，徐主任的要求，入学考试的内容。文武之道，一张一弛。

穿上军服的孩子们，帅就一个字。坚持训练，立正红旗。付出之后的回报，既是给孩子们的，又是给崔教官的。一面红旗，虽然没有别的班级得的多，但实至名归。要知道，那天是教官的上级们亲自打分，没有水分，没有潜规则，一致认为 2 班如果第二，那就没有第一了。

8 月 30 日，汇报演出，合影留念。送崔凯（崔教官），跨骏马，默默无语两眼泪，耳边响起驼铃声。军训结束，终有一别。尽管依依不舍，但教官注定就是孩子们生命中的过客。分别的时候要用力一点，因为你看的那一眼可能就是最后一眼，后会，无期。不能相濡以沫，那就相忘于江湖吧。

你们是我的小呀小苹果之开学第一周

2014-09-06

公元 1522 年 9 月 6 日，麦哲伦船队人类历史上首次环球航行结束，492 年之后的 9 月 6 日，大连八中 2014 级高一（2）班的首个高中学习周结束。历史的巧合就在于此，但不同的是，麦哲伦死于菲律宾，未能同船队回国，这也就有了后来著名的《归来没有船长》的大作，而 492 年之后的这次"结束"，我还活着。

追溯历史让人有厚重感，关注现实让人有使命感。从 2014 年 8 月 4 日班级成立之日算起，到今天，我的班级刚刚满月，今天写这篇日志，算是"满月酒"，也算是"蜜月"归来之后，要过平常人的日子。平常人的日子，自然就是开门七件事，柴米油盐酱醋茶，平常的教学活动，自然就是到校上课、笔记、作业、复习、间操、卫生、纪律……，不止七件事。平常人的日子过得不易，平常的教学活动也难，但再辛苦也要继续。

翻看学生记录的《班级成长档案》，学生记录下无数个"第一"：第一天开学，第一次升旗，第一次正式上课，第一次放下工作专注国旗升起，第一次参加活动课，第一次间操，第一次倾听校园广播，第一次有英语演讲比赛，第一次由班长组织班会，等等。学生对高中生活是好奇的，是充满希望的。我又何尝不是？年年岁岁花相似，岁岁年年人不同。尽管我没换工作，但我却年年都在换学生。当我真正回到高一教学，走上班主任的工作岗位，我自然也是好奇的，对高一（2）班充满希望的。

开学第一周，我关注学生早到校的情况，一周来，学生基本上都能按照我的要求做到位，五天也只有两人因为交通的原因迟到，我很欣慰。诚然，我不喜欢为迟到找借口，我也知道交通拥堵，但如果人人都如此，班规的制定就失去了意义。所以，孩子们，迟到就是迟到，尽管你们觉得委屈，但还是要按照规矩去执行，班会上不是说了吗，没有规矩不成方圆。

一周五天，上了 35 节课，所有的老师都见了面。主课老师，就像大宝一样，天天见，其他科的老师，一周也会出现几次。任课老师普遍反映，2 班活跃，跟 1 班不一样，提醒我要注意。其实我也知道，这种活跃，早在军训中就已经如此。在我看来，活跃和纪律不好之间不是等号，也不是约等于，课堂气氛的活跃，应该是有助于老师课堂生成的。教学本来就是一个相长的过程，如果老师按部就班地讲课，学生在下面毫无反应地被动接受，这样的课堂反而不好了。我在这里丝毫没有为班级学生辩护之意，我想讲的是，孩子们，活跃的课堂要有底线，不要触怒老师，不要随便接话茬，可以提问，可以质疑，但要思考之后再去说话。一个爱提问的孩子是每个老师都喜欢的，但不能说话不经过大脑。

高中的学习，必须要有笔记，笔记不一定是记录在笔记本上，但你一定要记录，否则你在考试前复习时，会束手无策，干净的书本，丢失的卷子，都无助于你的复习。只有把笔记整理好，你才能在复习的时候知道什么是重点，哪个需要去关注。现代化的课堂，老师上课都有 PPT，板书少了，幻灯片多了，如果你课堂笔记跟不上，那不妨准备个 U 盘吧，把老师的课件拷贝一下，回家整理笔记。高中的学习，会记笔记只是基本能力，会整理笔记才是超能力。

关于作业，因为刚刚开学，虽然每科都会在上课前布置学案的预习作业，上课后布置本课学完以后的达标检测作业，但这个作业量不大，或者说很少。我经常在跟你们讲话的时候说，不要抱怨作业多，如果你跟二十四中和育明去比，作业量已经很少，但你非得拿着八中的作业量去和三中、五中去比，那你当然觉得作业量大了。可是你想一想，你为什么当初不选择去那些学校呢？显然你内心还是排斥这些学校的，既然如此，那你就应该认真完成作业，而不是抱怨。再多的作业，也有做完的时候，再少的作业，你不做，那作业永远都在那里。何况，高中的学习，如果仅仅局限于完成作业，那你的学习就只是停留在低水平的阶段了。你或许不知道，学霸们在完成作业之后，又会去买相关的练习册来做题；你或许不知道，当你觉得 10 点睡觉已经很晚的时候，那些学霸还在挑灯夜战。我希望在你没有看这段文字前，你是真的不知道我说的这些，而不是装着不知道。

你感觉你也上课，也有笔记，也完成了作业，但是你还是觉得自己的成绩不高，觉得有点失望：付出了那么多，为什么成绩就是上不去呢？在自然界，蜘蛛结网不一定能捕获昆虫，但不结网一定不能捕获昆虫。不是每一次努力都会有收获，但每一次收获都必须经过努力。前面我说的那些，你都做了，而且做得很好，那么，你有没有去复习呢？复习不是考试前才要去做的事情，复习是每天都要进行的必要工作。把每一天学习的内容，在自习课或者是回家之后，花一点时间复习一下，你才会知道，哪些是自己真的学明白了，哪些是需要巩固才能内化为自己的东西。复习要每天解决问题，而不是让问题成堆之后再去想着解决。这就像俄罗斯方块一样，取得的成绩会消除，但犯下的错误会积累，当一错再错，就 game over 了。

间操是这一周我最为满意的地方。体育委员倪一楠和王钰两人都很认真负责，队伍整齐，行进有序，做操也很认真。间操是大家在紧张的高中学习中为数不多的活动之一，既然下去做操，那就应该像现在这样认真去做，伸伸手臂弯弯腰，踢踢小腿蹦蹦跳跳，把身体伺候舒服了，你才能更好地去学习。身体是革命的本钱，而对于你们来说，革命，就是学习。

这一周的值日水平总体不错，但各有瑕疵。周一忘记关门窗，晚上退校的时候垃圾没有清理带走；周三黑板擦得不是很好，急得我都想直接说我擦。每次出现问题，卫生委员韩烨谦都是"救火队员"，不知道是不是因为这个，这一周这孩子都生病了，希望他早日康复。高一（2）班不能没有你，你快回来，我一人承受不来。

纪律是学习的保障。如果没有纪律的保障，那么，好的学习环境就无从谈起。五天的《值周记录本》，值周班长都记录了一些问题，从作业的完成，到自习课的讲话，都有。针对这种情况，临时班委会成员也制定了班规，并在周五的班会上进行了展示讲解。如果说之前没有班规，你们属于不知者不罪，那么现在班规制定了，希望大家能够严格遵守，希望班委会成员都能严格执行。班规不是为了惩罚谁，而是为了促进大家的学习。班规不是针对某个人制定，而是针对影响班级的行为制定的，对事不对人。班规目前，人人平等。班规的执行，需要每个同学和每个家长都认真对待。下一周我会将班规打印发给每一位同学，请大家带回让家长签名确认。

这一周，开学之际，各种收费是必不可少的，这下可忙坏了生活委员金默雨，好在她是个要强的孩子，每笔收费，分毫不差，面对琐碎的工作，毫无怨言，甘愿为同学们服务。90后的孩子们，有这样的品质真是难能可贵。观其女，自知其家庭教育，周四那天，金默雨的妈妈给班级同学团购了字典，每本都独立包装，贴上名条，工作如此细致，让我都汗颜，有其母，必有其女。我已经发现班级有同学只管自己，不管他人了。还是那句话，你打算给别人什么，你才能收获什么。关心班集体吧，要不然，等你有事的时候，谁会去关心你呢？你总不会求助于上帝吧？就算是求助于上帝，上帝帮助你，那是对你的恩赐，上帝没帮助你，那是对你的公平。

这一周，各种练习册下发，学习委员赵茜楼上楼下地奔波，从图书到练习册，60多本，没有发错，零失误，工作能力可见一斑。当初选定学委，我只是从入学成绩出发，没有考虑其他，现在看来，学习成绩好的孩子，其他方面自然也好。我不是一个唯成绩论的班主任，我只是用事实说话。同样的情况还发生在退校管理员张健身上，他每天都是最后一个离校，关好门窗，检查桌子上有无东西，关灯，锁门，然后才能回家，等他回家的时候，或许别的同学已经坐在餐桌前正在享受爸爸妈妈准备的晚餐。孩子们，你们回想军训的时候，你们或许会说，你们第一个记住的就是张健，那个时候，他就利用宝贵的休息时间为大家扛水。谁都知道军训的苦和累，都恨不得休息一个小时，训练 10 分钟，难道说他不知道吗？他的入学成绩，在班级位居前三，但他心里装着班集体，把你们当成了血浓于水的兄弟姐妹。

一周的时间不算很短，上帝创造世界也不过用了一周的时间，当年尼克松访华也被称为是"改变世界的一周"。孩子们，属于你们的高中生活已经不再是完整的三年，已经逝去了一周的时间。抓紧时间规划自己的高中生活吧！毕竟，有规划的人生才是蓝图，没有规划的人生，那只是拼图。

你们是我的小呀小苹果之开学第二周

2014-09-13

2014 年的 9 月 9—12 日，2 班的孩子们迎来了自己在八中的第二周生活和学习。这一周是中秋放假回来的一周，其实，我很担心这三天的假期对刚刚有点学习样子的孩子们会产生不良影响，但我的担心有点多余了，孩子们的学习状态要明显好于上一周。

这一周的第一天从周二开始。我检查了上周布置的工作，全部都已经落实，这说明孩子们的执行力是没有问题的。由于是放假回来的第一天，班级出现了五名同学的迟到问题，原因不在于孩子们，而在于校车的集体行为，交通的不给力。早上 6 点从泉水出发，7 点半才能到学校，我也是醉了。这一趟班车的孩子们周五又出现了同样的情况，最后在征询班级的意见后决定，以后如果是班车迟到，不再扣迟到的分数。当然，如果是自己没有赶上班车，另当别论。从孩子们举手表决的结果来看，大家还是很人性化地考虑问题的。毕竟这个事情，不是我们自身努力可以避免的。一个行为重复多次就成了习惯，习惯固定下来就是性格的一部分，积累起来的性格影响到一个人的生活、工作和学习，最终决定这个人的人生轨迹，也就是我们常说的命运。命运不是天生注定，而是后天的结果。希望大家不要养成迟到的习惯，而是能够按照校训中的"惜时"去处理自己的学习和生活。

这一周有一个重要的节日——教师节。早上，我布置给学生一个作业，在每节课上给 2 班的任课老师一声节日的问候，道一声老师辛苦了。我今天没有课，没有收到学生的问候，但是看着 2 班的每个任课老师在上完课之后脸上都流露着喜悦的表情，我就知道孩子们落实得很好。其实老师就是这样，无欲无求，只要是孩子们有一点点好的表现，都会让老师欣喜若狂。当然，2 班孩子们对老师的尊重，不仅在教师节这一天，而是在时时刻刻，现在全校所有的老师，不管是谁，见到我都会跟我说，你们班的孩子真有礼貌，只要见到老师，都会问好。说得我都有点不好意思了，因为这不是我教出来的，而是孩子们自身的品质。下午的教师节主题班会班委会依然做得很不错，超出我的预期。语文老师也在邀请之列，他对孩子们悉心教诲，循循善诱。作为班主任的我，也告诫孩子们，高中生活不是那么地轻松，感到此时很辛苦，那就告诉自己，因为你在走上坡路，坚持住。容易走的，那是下坡路。

尽管我几乎天天强调天气转凉，注意保暖，但班级还是出现了生病的现象，我也正好利用这个事情把学校的请假制度给孩子们强调一下。人吃五谷杂粮，焉有不病之理。真要生病了，不要硬撑着，要及时看医生，抓紧时间好起来。高中的学习，你耽误一天的课，再回来，恐怕就觉得有点听不懂，跟不上了。当然，没有生病的孩子，更要好好听讲，而不是做其他不应该在课堂做的事情。一个人想要优秀，就要接受挑战；一个人想要一直优秀，就要去寻找挑战。没有等出来的成功，只有拼出来的辉煌。当我对你们说距离高考还有996天的时候，你们不要觉得漫长。光阴似箭，岁月如梭，如何把如梭的岁月变成如歌的岁月？唯有每天坚持不懈地去努力。

这一周，对我打击最大的事情，莫过于两名班级干部的辞职。理由都一样，就是影响学习。临时班委会成立的日子屈指可数，现在已经有两名同学主动退出，一个是当面对我说的，一个是昨天晚上给我打电话，不管是哪一个，都要退。我不强求，也不挽留。这个事情，本身就是为大家服务的，如果觉得影响自己的利益，可以选择不做。毕竟人首先是为自己活着的，我可以理解，也能接受辞职。但是如果因为这个事情日后影响你们的评优评先，影响各种考核加分，甚至影响以后的高考自主招生，那对不起，我也爱莫能助。想要不做班干部，很容易，但想以后再做班级干部，很难。我在这里啰嗦，并不是表达我的不满，而是把事情的利害关系讲清楚，不要因为一时的利益得失就冲动地做出选择，冲动，或许是魔鬼的化身。

有人退出，活还是要有人干的，新晋的学习委员张健和陈雪上任伊始，就遇到一个困难的任务，为班级学生录入新生信息表。两个孩子牺牲了自己的间操时间、午休时间，甚至还有一节信息课的时间，无怨无悔，毫无抱怨，我都为之感动。这种品质，自然与家长多年的教诲是分不开的，感谢张健的姐姐，感谢陈雪的妈妈。我把班级的时间段给班级干部进行了责任承包，每个人要在相应的时段自己负责。韩烨谦就表现得很好，周四指导卫生责任到人，当负责的同学没有完成任务时，卫生委员能亲自出马将事情搞定，这就是优秀的班级风气，班级有事，不是相互推诿，而是认识到"班级兴亡，我的责任"。周五的间操，班级桌面整齐，电器管理到位，这自然和赵巧同学的付出密不可分，当然，闫丹妮也是功不可没的。

这一周，班级新添了一名同学，从班级的成长日志上，我可以看到王雪晴的爱心。这一周，教师节当天记录着学生们对老师的尊敬和对自己的未来充满信心。这一周，周五的自习课记录不好，我可以看到某些同学敢于直抒己见、仗义执言的勇气。当然，这一周，班级成长日志也有了一点点小的缺陷，有一天的记录因为某个学生的不负责，出现了记录空白，这个学生，连作业都完成不好，又怎么会去完成班级成长日志呢？一个心里只有自己、没有班级的孩子，是孤独的；孤独的人，是可耻的。这不是我说的，而是张楚唱的。

这一周的值周工作总结，值周班长尚振宇做得很好，每天记录准确，没有私心，最后的量化考核公正公平，希望以后的值周班长能向他学习。当然，不足的地方就是记录过于理科化，少了一些自己对问题的看法。如果能把张嘉怡和尚振宇的记录中和起来，就堪称完美了。希望下一个值周班长能够做到。

转眼高中生活已经接近半月，人间月半，天上月圆，月月月圆逢月半。孩子们，不要忘记初心，不要忘记你们在学生发展手册上最后面填写的向往的大学。我希望与坚持梦想者同行，而不是希望与天天做梦的人同行。

加油，孩子们！

你们是我的小呀小苹果之开学第三周

2014-09-20

1954 年 9 月 20 日，新中国第一部宪法颁布实施；2014 年 9 月 20 日，新高一（2）班班级德育量化考核第一次完整地执行。让历史告诉未来，或者说让未来去验证历史。一旦你发现自己所做的事情跟历史扯上关系，总会觉得有一种莫名的神圣感。是的，一个把班规上升到宪法高度的班级，本身就是一个别样的存在。

班级在成长，我也在成长，孩子们在进步，我也不甘落后。周一伊始，我将班级成长档案的记录顺序予以公布，避免出现上周"少一天"的现象，正如刘思驿同学在记录的时候所说的，"我们将亲手记录在八中的每一天"。是的，如果每天每个同学都认真记录下来，回首往事，你会觉得，你在八中，八中与你同在。总的来说，这一周的记录是很优秀的，尤其在周五下午，我偶然看到刘雅欣同学的记录感悟居然是先在草稿纸上写完一遍之后再在本子上写的时候，我看到了孩子们对待记录的认真。

这一周开始了运动会的相关事宜，两位体育委员王钰和倪一楠从报名训练，一直在张罗，很辛苦，但是还是有个别同学对于集体项目不够重视，不愿意牺牲自己的时间去参与。乃至昨晚已经很晚了，倪一楠还给我 QQ 留言说这个事情。我不想采取被动的方式去做，周一做动员吧。我也承认这个运动会训练挤占了学习时间，但运动会的目的，是为了锻炼好身体，只有好的身体，才有更好的学习。

周三学生进行学籍照相，看着孩子们的照片，我很开心，不说俊男靓女的套话，至少孩子们一个个都是很标致的。花季雨季的年龄，正是人生的好时候。好的心情是会延续的，下午拿到的统练成绩，数学 140 的有尚振宇、张嘉怡等 4 人，130+的有陈雪、倪一楠、简义函、董兴喆、王雪晴、王钰等 9 人；生物统练胡佳辰等 7 人是满分100，这个满分的数量，是隔壁 1 班的 7 倍。班级 90+的有 22 人，我不能再罗列名字了，这样下去，我的日志快成花名册了。总之，学习上的进步，让我很欣慰。当然，也有不开心的时候，比如周五我给他们打印物理小考单，但物理的小考差强人意。不说了，物理老师已经安慰过我了。

利用周四的时间，我给班委会成员开了一个短会。临时班委会成立以来，我从来没有召集大家开会，因为每一个孩子都干得很好，主动性都很强，不需要我说什么，自然而然都能尽职尽责。我有心将这一届临时班委变成正式班委，但我不能这么去做，或者说我没有必要这么去做，我相信学生的眼睛是雪亮的，他们会用自己的投票肯定临时班委对班级的工作。回过头来说开会的事情，单兵作战能力强，不意味着团队协作能力就一定好，这就是我要召开班委会的原因。按照分工的部署，责任到人，将运动会的事情布置到每一个班委会成员的头上。百密一疏，我没有考虑到学生防晒的问题，晚上在家长群里说了一下，张一凡的爸爸马上就给解决了。不得不说，我们班孩子的家长，都是明是非、懂事理的家长，从不跟老师发生纠纷，反而是处处想着为老师排忧解难，有这样的家长作后盾，我开展班级工作真的是顺利了很多。他们都比我年长，像是大哥哥大姐姐般对我的工作予以支持和帮助，不胜感激。

周五体检，我没有跟着，因为照学籍照的时候我去了，作用不大，主要就是带着U盘拷照片回来，体检我更是没用的，所以完全交给相关的班委会成员去负责。从之前的开会、填表，到今天的体检，韩烨谦都组织得力，有她在，我放心。因为从她对平时值日的态度，就能知道孩子是多么地负责。看值周记录本，体检回来纪律不好，这是这一周记录本上明显记录的一次关于纪律的问题。老实说，这一周，无论是主抓的作业，还是纪律，都较之以往两周有明显改善，现在的问题，就集中在两三个学生身上，而这几个学生中，有一个是明显有进步的，有一个是死硬派的，有一个是二呼呼的，情况不同，需要分别对待。我不想在"十一"之前就放大招，这就像斗地主一样，没有人会上来出牌就先扔炸弹的，就像奥特曼也不会一上来就变身打怪兽。我可以继续观察，继续引导，如同外交部发言人那样，我保留采取进一步措施的权利。我是真有措施，不是说说而已。

周五6点之后，算是进入到放假时间，但金默雨可没闲着，统计每一个同学的班服尺码，一直忙活，我都抱着手机睡着了，醒来还看见她喜悦地跟我汇报成功的消息，不仅这个，还对一些有特殊要求的同学的衣服进行了定制。这个孩子，我隔着手机屏幕都能想象到她疲惫的外在和喜悦的内心。生活委员无大事，生活委员无小事。班级的所有花销，系于一身，既要管账，又要精打细算，会过日子。她或许在学校没那么忙活，但回到家，选款式、定尺码、转账、超市开支也归她弄，辛苦至极。我曾开玩笑说要是累就别干了，但她乐此不疲，这是一个愿意为大家服务的好孩子。如果说班委会改选我一定要留下谁的话，那么非她莫属吧。算是我替她拉票了。

和上一周相比，这一周学生进入状态的越来越多，这个从学习的成绩（数学、生物统练，语文小考等），上课的状态（我经常上去观察），自习课的改观，最后德育量化的考核（这次19人优秀，上次是10个），都可以得到验证。

这是极好的事情，希望越来越好，2班，一定会不一般。

你们是我的小呀小苹果之开学第四周

2014-09-27

不想沿用之前的开头，是因为我想有所改变。不想用历史上的今天去验证现在的班级活动，是因为我突然觉得有点配不上。

是的，配不上。班级的事情，会成为历史，但历史，绝对不是班级的事情，或者不仅仅是班级的事情。这一周，可以说，我肝火旺盛。或许是事情太多，或许是我对自己情绪的控制出现了问题，但或许什么都不是，仅仅是我累了，有点疲惫的感觉。

我承认我累了，看看午休时间的走廊，只有我在看着学生午睡，我没办法不看着。周二的时候，我领着班长张嘉怡和英语课代表王雪晴去看望生病住院的英语老师，短短的一会，孔繁玮就因为水杯的问题扣1分；周五我接待来访的李嘉俊的家长，康宇卓就因为午休讲话扣1分。一周五天，2分没了，如果我一点都不上火，那说明我定力太好。但我做不到，我没有那么好的定力。如果是因为我自己去午休没有看他们午睡扣分，我也认了，但都不是，都是在我有事处理的时候，你们也就出事了，这是什么意思？不省心，真的不省心。这一系列的事情，导致我在周五下午上课的时候，进行了我带班以来的第一次利用上课时间进行批评教育。我们之间没有血缘关系，只有彼此对对方更加地好，才能让对方爱自己。反之亦然。

对于班级扣分的问题，一方面是当事人的责任，另一方面也凸显了现在班委会的问题。班委会成员应该在班级出现问题的时候挺身而出，要敢于管理班级，如果上述事情，都能在班级内部先行处理，而不是值周队发现了才知道扣分的话，是不是会更好一些呢？当然，这并不代表我对这一届班委会不满意，我对他们还是很满意的，只不过，他们也在学习和成长的过程中，很多时候需要经历一些事情来成长，也或许，我给予他们的权威还不够，所以在管理的时候显得底气不足。这些，都是我需要思考的问题，或者说需要下一届班委解决的问题。

有一种落差，是你的才华配不上你的野心，也辜负了你所受的苦难。这周接触了两个家长，都是被我招呼来的。实话实说，这不是我希望的方式，也不是我喜欢的方式。为什么呢？我连一个孩子都教育不了，我又有什么资格去教育孩子的家长呢？我没有这样的资格。但是孩子不省心，只能是家长跟着遭罪，我也是孩子的家长，将来也会遇到同样的问题。我知道，一旦开始这样的频繁叫家长来学校的先例，我可能就会一直叫下去。但我更希望是家长主动跟我联系，来谈谈孩子的问题，不要等到我给您打电话了，谈问题了，您才想到，该跟我谈谈孩子了。孩子是你们亲生的，跟我没有血缘关系。在你们的眼里，每一个孩子都很优秀，在我眼里也是这样。我现在跟你们谈孩子的问题，是不希望有一天，你们用抱怨的口吻跟我说，为什么不早点说呢，或者是为什么我们这么好的孩子到八中短短的时间就变质了？请您想一想，是不是您和孩子都认为，考上八中就已经万事大吉了，就已经证明您的孩子很优秀了。如果是的话，那么您继续想，班级的孩子都是考上八中的，都很优秀，在这么多优秀的孩子中，您的孩子如何脱颖而出？您想鹤立鸡群，但是请注意，都是鹤的时候，您怎么办？

关于班级的学习，这一周起色很大，但没有和别的班级的比较，我也无从判断进步的幅度。语文目前是三个班级中表现最好的，这要感谢黄阳老师的辛勤付出，虽然年轻，但是很负责，所以取得好的成绩也就是自然的了。数学老师很有经验，班级的两个数学课代表董兴喆和张立佳也都很负责，这就使得班级的数学学习氛围一直都很好。外语老师因病休假，目前处在被代课中，翻看学生的班级成长记录，我发现大家都很关心外语老师的身体，都是有爱心的孩子，但目前的处境我也无能为力，我已经跟王雪晴和简义函作了相关的布置，希望不要落下太多。成绩的差距，只是学习努力与否和学习是否得法的差距。在校努力学习，在家认真完成作业，一个环节都不能少。当我听到个别家长述说孩子在家庭的表现的时候，我也就明白孩子在学校为什么成绩不好的原因了，数学上 5+2=7，教育上 5+2=0。不解释，你懂的。

班级的尖子生不多，要培养尖子生。高手之间的竞争，说白了就是学习方法与学习习惯的竞争。这一周的奥赛，班级有 5 名同学胜出，算是尖子生吧。张健、王云嵩、蔡天昊等人，希望你们努力，成为高手，成为尖子。

这一周为运动会两个体委组织大家进行集体项目的练习，一些同学因为怕影响学习而拒绝参加，这说明部分同学集体荣誉感不是很强。实话实说，我也觉得影响学习，但这是学校生活的一部分，你们不参加，难道说就一定能好好学习吗？整个大环境都在为运动会而忙活，你们就能心如止水？我做不到，己所不欲勿施于人。当然，我也希望你们不要影响学习，那就只能用高效的学习方法来弥补时间上的有限了。

写了太多，已经深夜，我不知道你们如何看待这篇与之前风格完全不同的日志，但我知道，我只是我写我心，影响了你的阅读，对不起，我道一声早上好，我去睡了。

你们是我的小呀小苹果之开学第五周

2014-10-05

2014年9月28日—2014年10月4日，这是开学第五周的时间。

2014年9月28日—2014年9月30日，这是孩子们的在校时间。

2014年10月1日—2014年10月4日，这是孩子们的休息时间。

这一周，由三部分组成。一是上课，一共一天半的时间；二是运动会，一共一天半的时间；三是休息，就是剩下的时间。而且，现在还在国庆长假的休息中。

先说说上课的事情吧。周日是一周的第一天，这是英国人的习惯，也是这周上课的开始。周日上的是周一的课，周一上的是临时课表。运动会之前的课，上得有点凌乱，但好学的孩子们是会抓紧一分一秒的时间学习的，这一天我启动了学校的监控装置，不仅看到了孩子们上课的状态，还看到了孩子们地理课后围住老师发问的好学之情景。可以说，好学的孩子要比学习好的孩子成绩更好。2班就是这样，不以物喜，不以己悲，当所有的班级都在忙活运动会的时候，2班的孩子不温不火，继续按部就班地学习、训练，不会增加一分的负担，当有些人不怎么看好我们的时候，我们却能带来意想不到的收获。所以，学习的时间，就是学习。当别的班级未经许可便到操场训练，利用的是自习课的时间，2班却不为所动，在教室一门心思继续学习，能坐得住，才能有好的成绩。学习本身是一件很辛苦的事情，但是，如果你态度消极的话，会更加辛苦。当你的才华还不足以撑起你的野心的时候，那你就应该静下心来学习。而且，学习是有回报的，我们班张健、谢宏宇、张立佳等同学，其学习已经得到了学校的认可，获得了学校的表彰。

文明其精神，野蛮其体魄。一年一度的校运动会如期而来，天也随之而变，大幅降温，九月未有。但孩子们在赛场上所表现的热情，足以战胜严寒。从一开始的60米，到最后的4×100米，2班都是好样的。所有参加比赛项目的同学，都尽自己的一分力，为班级争光。无论是个人的项目，还是集体的项目，2班的成绩都在前列。对待比赛的态度积极、认真。如果说我们有所遗憾的话，那就是集体项目上我们有所欠缺，这也从平时的训练中可以窥见一斑。每逢集体项目的训练，总是有人缺席，很难凑齐。这期间，我做过动员，体育委员也急过眼，但个别同学就是这样没有大局观，总是怕影响学习。这种心理，也带到了运动会的观看现场。

中国特色的运动会，除了比赛项目，还有精神文明的评选，要求每人写几篇稿子，然后在运动会期间进行投稿、宣讲。大部分孩子都能按照要求，把自己该写的任务完成，而个别孩子，从一下去就是在写作业，从头写到尾，也不看比赛，也不写稿子，完全就是一种置若罔闻的节奏，一切与我无关，一切都是你们的事情。比赛不看，稿子不写，当班级的运动员跑步时，没有他的加油呐喊，当班级的运动员回来时，没有他的掌声欢迎，这样的孩子，他的人生经历是不完整的。但有一位也是集体荣誉感不是很强的同学，自从我们与之深谈之后，他的情况就改观许多，这里不多说。现在说说写稿子这件事，我们班的稿子质量很高，写的人很用心，观察比赛也很认真，写该写的，写容易被认可的，有心之人，自然成果显著。我不知道值周班长是否记录了这一事情，如若是我，当点赞。

除了写稿，剩下的就是各种为班级的服务。曹广是我第一个想到的，可以说，从军训开始，这个孩子就是有一膀子力气使不完，班级凡是涉及到要出力的地方，总能看到他的身影，运动会也不例外。运动会之前的班服发放，他一个人就能把一大包东西从门岗搬到班级。运动会期间的敲鼓助威，他根本停不下来。运动会之后收拾帐篷，他一个人就能扛着帐篷健步如飞到二楼，而后面的同学，两个人都没他一个人干净利索快。在运动会期间为班级从事摄影工作，他认真负责，一天半的时间，记录下了所有的身影，当电池没电的时候，他自己主动提出回家拿备用的电池充电，生怕影响了班级的记录。一个心中装着大家的孩子，就是一个有爱的孩子。畲勇康，主动提出来为班级买水，能找到便宜的地方，倒不是心疼钱，主要是这种精神，值得赞扬。韩烨谦、于华宇，班级所在地的卫生，就是他们的责任，直到最后一刻，他们都没有忘记要清扫，干干净净，没有一丝灰尘。当然，同学们的事迹远不止这些，但恕我脑容量实在有限。

运动会最后的成绩不错，团体第二名，这是 2 班所有参与比赛的孩子们拼来的。你们的付出没有白费，都转化成了班级的奖状，未来会转化成班级的凝聚力、班级的精神。大会一天半，精神永流传。精神文明奖的获得，也说明我们是可以遵守好学校的各项要求的。9 月只扣 5 分，总得分冠年级之首，10 月已经来临，我们能不能做到 10 月是一个不扣分的月份？如同我们在运动会期间一样，不扣分。

"十一"国庆，13 名同学参与了高中以来的第一次义工活动，地点是福佳新天地的沃尔玛，忙得不亦乐乎，收获满满，每个人脸上洋溢着笑脸，就连陈雪妈妈都羡慕地说，在家干活怎么从来没有见过笑脸呢。义工活动，重在参与，乐见成长。一份经历，记录史册。八中这样一个好的平台，给他们提供了好的机会，那么，大家应该做的，就是"不负如来不负卿"。

日志写到此处此时，天已露白，假期的第五天开始，假期也即将结束，孩子们，收收心，写作业吧。昨天我都看见某家长在群里问作业的事情了。

你们是我的小呀小苹果之开学第六周

2014-10-12

这一周从周三开始，以周二结束。并不是跨周，而是国庆的后遗症。周三开始上课，是因为国庆连休，周一周二孩子们还在休假之中，但已经是假期的最后两天。想必各家的情况都是差不多的，白天孩子表现得时而兴高采烈，又时而焦躁不安，但请不要自责，不要害怕，他吃得很好，睡得很好，玩得很好，只不过还有两天就开学而已。夜晚肯定是灯火通明，大有通宵达旦之势，这也是因为即将开学，作业还都没有做呢。合理地安排时间，这不仅仅是孩子的事情，也是家长的事情。假期的前松后紧学习模式，对于学习是毫无益处的，正确的做法应该是每天都安排一点学习的内容，问题需要一天天地去解决，而不是一下子去解决所有的问题。我的朋友邓晓妮QQ空间中有一段话这样说：据观察，对老师要求高的家长，一般对自己的孩子要求都很低。对孩子要求高的家长，一般对老师都充满了信任。对老师要求苛刻其实就是对自己孩子的纵容。没有教不好的孩子，只有觉悟不够高的家长。做一名合格的家长不容易，做一名优秀的家长则是一门学问。或许这个话家长不爱听，但话糙理不糙。

应该说我比较担心孩子们回来的状态。七天的长假之后，是假期的疲惫和各种综合症的并发。不过还好，我在他们身上并没有看到这些，早上7点，全部都按时回来，仿佛如果不回来，马车就会变成南瓜，而唯一不变的，就是那只水晶鞋。

进入十月，我在班级发出如下倡议：一、争取不扣分；二、落实"静净敬竞"的班训；三、杜绝不交作业的现象。这一周下来，大家做得都很不错。同时我也发现，假期回来之后，孩子们改变很多很大，开始调整自己的状态，开启了学霸的模式。上课认真听讲的多了，善于发问的也多了，课下围着老师问问题的也多了，这是好现象，班级形成良好的学风，才是最为关键的。当然，个别学生似乎也想开启学霸模式，但配置过低，开启失败。这又有两种情况：第一种是增加自己的配置，努力成为学霸；第二种是破罐子破摔，干脆要开启学渣模式了，这很危险。两种情况的孩子我都进行了谈话教育，或鼓励，或告诫。总之，我也承认我不能改变所有的人，但是我不会放弃每一个人。

孩子们是需要表扬的。这一点语文老师做得很好。及时地表扬韩烨谦、蔡天昊、王钰、李晶、刘雅欣等同学的周记，我也要向语文老师学习，表扬学生。比如王雪晴组织大家英语晨测，比如畲勇康在地理课上讲题，等等，我都会拍照、表扬，同时也把照片发给相应的家长或家长群，让家长也进行表扬。这样的多重表扬机制，对孩子的成长是一个激励。俗话说，表扬能使猪上树。我的小苹果们，自然是要更好一些的。

这一周班委会各个部门进行了9月的总结。从大家的总结来看，可以说，这一届临时班委成员都是很认真负责的，对班级的成长、发展以及存在的问题都能有自己的认识和共识，这说明大家都在尽职尽责，都在全心全意为同学服务。事后我让班级同学进行评价打分，从最后统计的结果来看，10分制下，平均分都在9分左右，只有两个部门的平均分略低于9分。应该说，这个打分也是公正公平的。班级的风气很正，这从军训开始就是如此。大家都是为了班级，不带个人的感情色彩，不在评价时掺杂个人恩怨。这种良好的风气，加上已经开始形成的良好学风，2班的未来，势不可挡。

其他属于班委会成员的孩子们表现也是不错的。电器管理员每天都能按时开关班级的电器，做到了节电；间操管理员闫丹妮每天都能检查好大家的桌面、地面，避免了不必要的扣分；退校管理员张健每天都是最后一个离校，关门关窗关灯，有时候还要兼职去帮那些忘记收拾桌面的同学收拾桌面，帮忘记倒垃圾的同学清扫垃圾。能吃苦也愿意吃苦的孩子，将来必成大器，何况，他又是班级的男一号。一个人的优秀，是全面的，而不仅仅是表现在学习上面。如果你仅仅是学习好，总是那么自私，你即便是成绩再好，也很难适应这个社会。这个社会，需要的不仅仅是智商的高，还需要情商的高。我现在这样说你不明白，但是总有一天，你会明白。

曹广是我新任命的换桌指挥员，这个孩子，目前在学习上还没有很大的优势，但这个孩子的品质，那是没得说。班级所有的重活，都是他在干，一个人能当好几个人使。对于换桌这样的事情，他都能有自己的想法，想着怎么去省时省力、高效快捷。也正是因为这个，我还推荐他去学校做值周工作。不过，他也有缺点，就是自习课的纪律不够好，如果他能意识到这一点，将来，还会有更大的进步。

最后一天的晚上，班级接班进入到劳动周状态。事前生活委员已经进行了布置，但由于是第一天开始干活，我跟着都走了一圈，这其中发现了一些问题。个别的孩子在劳动中偷懒耍滑，要不根本就不到指定的岗位，要不就是到了指定的岗位也是看着别人干活。劳动结束之后，不是着急回到班级自习，而是在路上晃晃悠悠，一点都不知道着急。回到班级，不是很快地进入到自习状态，而是三五个地闲唠嗑。为此我在班级进行了批评教育，告诉大家应该怎么做，不应该怎么做。

这一周的地理考试，成绩都很好。班级80分以上的几乎占到人数的三分之二，只有一人不及格。这一周总体的卫生状况也保持得很好，虽然连着两天都有值周的学生对走廊卫生提出了问题，但都是小问题。这一周自习课的纪律改观很大，但是最后的几分钟还是会提前进入到放学状态，这需要纠正。

冰冻三尺非一日之寒，但冰冻三尺到底是几日之寒呢，或者说冰冻几尺是一日之寒呢？每天改变一点是很重要的，每天勤奋一点是必须的。

勤奋过好每一天，不留遗憾在人间。

你们是我的小呀小苹果之开学第七周

2014-10-17

终于回到了一个正常的轨道。一个完整的周，从周一开始，到周五结束。

这一周是劳动周，班级承担了学校的清扫工作。从上周五晚上开始，在两个卫生委员韩烨谦和刘雅欣的布置下，班级就接过一班的旗帜，较早地进入了劳动的状态。可以说，我没有指望这些孩子们能把劳动这件事情做得多么好，也没有指望他们能通过劳动获得什么，或思想得到升华。我所要求的，只不过是能按时上岗，有个好的态度而已。但取法其上，得乎其中；取法其中，得乎其下，很多孩子劳动态度有问题，偷懒耍滑者众，摆 pose 者多。但是班里总是有热爱劳动的孩子。当常恒源、张健能在劳动中发现切实可行的清扫办法的时候，当张一凡、王鑫怡等人收拾的三楼报告厅每一个座位的扶手都是一尘不染的时候，当尚振宇能够把走廊楼梯拖得锃明瓦亮的时候，我知道，无论怎样，劳动总是美的。

这里要说说班级竞选，这件事情虽然发生在周四的晚课时间，公布于周五的班会和学法指导间隙，但其重要程度，不亚于上面提到的劳动。相比较劳动而言，这件事情更能吸引大家的目光。为什么呢？庙堂有中意之人，江湖有兄弟利益，于是在班长位置上的一场明争暗斗就上演了。我做事一向坦荡，所以国庆放假之前我就放声竞选之事，意在让每一个人都做好最为充分之准备。待长假之后，自是"城头变幻大王旗"之日，奈何事情一拖再拖，直到本周才水落石出。我坚持民主选举，是因为如果连我都不能保证他们用选票决定班级大事，他们又怎么能知道民主的运作方式？如果班委会成员是出自他们选举之结果，那么这一届的班委会成员应该是能够服众的。班委会成员的选举实行一人一票制，包括我在内的每一位班级成员，都只有一票，没有特权。

事实证明，我是对的。班委会成员的得票率，都超过了国际公认的大多数——三分之二以上。当我委托写得一手漂亮字的赵情帮我填写聘书的时候，有同学对班长的最后归属发出了"不团结"的声音，我知道这一次庙堂战胜了江湖，规则战胜了潜规则，这不是我的胜利，这是班级正能量的胜利，这是大家对于选票的尊敬和珍惜自己选举权的胜利。当结果已经如此，自然无须再多言其他。一个人可以在部分时间欺骗所有人，也可以在所有时间欺骗部分人，但他绝对做不到在所有的时间欺骗所有的人。

这是常识，不是名言。

关于本周的学习，较之上周，又有所改观，课堂的氛围好了，作业的完成量保证了，自习课的纪律也改善了，统练成绩语文全年级第三，也是来之不易，感谢黄阳老师的辛勤付出。我曾经跟他人聊天时说过，我所接触的85后，能像黄阳老师这样的不多，能愿意像黄阳老师这样辛劳付出的，更是少之又少。教学这个事情，经验是不断获得的，但在经验欠缺的情况下，勤奋则是取得成绩的唯一法宝。不管是老师还是学生，只有足够勤奋，才能去谈方法技巧。一味地追求方法技巧，而不想付出辛苦，那势必会走火入魔，整日去想自己为什么还不成功，而不是去努力让自己成功，这就很可怕了。

有喜，自然也就有忧。化学的统练，班级成绩不理想。这让化学老师很是不爽，本来就笑脸很少的脸上，自然是沟壑纵横了。我看班级成长记录，看值班日志，看化学老师的脸，看走廊答疑的状态，都知道让化学老师上火了。灭火之人，首先应该是学生，下一次考得好一点，自然是最好的败火之药。但就目前而言，还是得我这个消防队员紧急出动了。我将班级化学成绩每一个题的得分率都打印出来，进行了数据的分析，得出两个结论：一是化学考试的前半部分，即选择题，班级成绩并不差，说明学生还是学明白了；二是因为后半部分没有做完，时间上不够用了，加上这周劳动，当班级收卷的时候，别的班级还在继续做答，所以成绩自然就不如别人了。宽化学老师之心，宽家长上火之情。不是安慰的话，都是用事实说话。这样的大数据分析，得益于学校的必由学系统。我想，如果没有意外，我或许会写一篇关于大数据下的新课程改革的文字了。

本周有学法指导，但从听的效果来看，孩子似乎不太愿意去听，总认为这个时间不如多做几张卷子。殊不知，磨刀不误砍柴工，工欲善其事必先利其器，不听学法言，吃亏在眼前。你没有好的学习方法，做一百套卷子和做一套卷子是一样的，都是错错错，而且不得要领，不知为何而错。自己的学习方法不科学不先进，还不愿意接受较为科学和先进的学习方法，这就是大错特错。这样学习下去，就算是取得了成绩，也是偶尔才有的事情，不会长久。

本周有两位老师都因病不能上课，孩子们都在不同的场合表达了对老师的思念之情和担忧之心，也在课堂上表达了对代课老师的尊敬。但也如同孩子们所言，总是代课，学习必定会受到影响。不知道这种局面何时能够结束。期中临近，我也担心，班级，会不会被别人甩开好几条街？

但愿我只是杞人忧天。

你们是我的小呀小苹果之开学第八周

2014-10-24

也许是我打算一直写下去；也许是出于对小苹果的那些固定读者的负责；也许是我自己就是这样一个有始有终的人；也许是因为某天的某个评论；也许根本就没那么多也许。总之，我坚持到了第八周。

当班主任以来，我遇到了最大的困难，就在第八周。我爱人出差了，我要天天带着孩子奔波于单位、家、幼儿园之间。早上很早就得起床，因为除了收拾好自己外，还得给孩子梳洗打扮，这样出门才不会丢分。所以这一周的早上我基本坚持不到7点半就要离开教室，下午也是不到5点就得飞奔而去，因为，孩子在等我。所以，我这一周，在班级的管理上或许是松散的，也不知道自习课的纪律是否和过去一样。

翻看《班级成长日志》，这一周的第一天就记录班级晚课纪律不好，我知道会有这个结果。但我不希望看到这样的结果。好在往后翻看，没有了。听值周班长说，自习课纪律还是不错的。我很欣慰，我知道我是一个感性的外表加上一个理性内心的人，所以，我希望《班级成长日志》的记录是客观的，这样便于发现问题，我也希望班级的状况是好转的，这样才是高一（2）班应该发展的方向。

对于《班级成长日志》，出现了一次记录极其不负责的情况，看看记录者的名字，我也就不想去追究了。不是我逃避问题，而是我觉得，对于心里只有自己、没有班级的学生，我何必对牛弹琴呢？自私是人的天性，但如果一味地自私就是一种劣根性。你希望得到什么，首先你得去付出什么。如果你只是一味地索取，而从不想付出，那么对不起了，在我这里，这样的人，是再也得不到任何好处的。

为什么会这么说呢？下一周要汇操了，两位体育委员能抓紧一切可以练习的时间组织大家练习，而仅有的几次练习中，居然不到场的就是那几个人，联想到运动会集体项目的练习，也是这些人不到场。面子是别人给的，身份是自己丢的。既然你不愿意为班级考虑，班级为什么要处处为你考虑？一句"你会做"就可以不练习吗？你会做不是不练习的理由，你会做是应该的，体育课上教你了，你不会做才是不应该的，智商能考上八中的人，不会连操都做不了吧？所以，你可以我行我素，但我必须以班级利益为重，你没有集体荣誉感，那为什么我要把便利和荣誉给予你？

　　班级的荣誉是每一位热爱班集体的同学争取得来的，因为他们心中有真爱。每次周五换座位，我都能看到陈雪、于华宇拿着清扫工具，趁着桌椅搬开的空隙把班级打扫一遍的身影，从来没有人要求他们这么做，但他们却主动为之，这就是把班级当成了自己的家，不希望自己的家里满地狼藉，不希望自己的家里脏到无法下脚。班级里这样的孩子不在少数。再举一个例子，闫丹妮因为身体的原因，我给她安排的是间操管理员的岗位。每次只要是第三节课一下课，她肯定是一嗓子喊大家："把桌面的东西都收拾好，把水杯检查一下"，就怕因为这些琐碎的小事扣班级的分。

　　这一周我原来计划是在班级度过的，但由于上面所说的原因，我只是听了五节课而已。数理化，语文，政治。通过观察学生的上课状态发现，班级有两位学生上课的时候是不看黑板看老师的，或低头，或看窗外，这样的孩子，怎么能有学习效率呢？课堂上愿意发言的孩子不多，即使被点到了，也很难能组织好语言回答老师的问题，语无伦次，这说明课堂思考不充分。课堂上与老师互动还算理想，但互动的结果却不理想。想当然地回答一些问题，而不是思考之后的智慧。这样的回答，放在考试，是要吃大亏的。既然花钱来上课，为什么不好好听呢？

　　是因为学费太便宜？是啊，300元不算多，但两位生活委员也是紧忙活才收完的，下周还要收800多元的教材（教辅）费用，乱七八糟都算上，也不少了。所以，孩子们，珍惜父母的辛苦钱吧，谁家的钱也是来之不易的。

　　期中考试又近了一周，不要寄希望于奇迹发生，成功没有奇迹，只有轨迹。也不要绝望，因为这个世界，没有绝望的环境，只有对环境绝望的人。

你们是我的小呀小苹果之开学第九周

2014-10-31

这一周不知不觉就过去了。这是让我感觉过得最快的一周，不知道为什么。

这一周开始让学生参与课堂的讲述，其实这个活动从上一周就开始了，只是我带的班级是从这一周开始的。从讲的情况来看，不算好，基本就是照本宣科，没有自己对历史事件的理解和认识。和其他几个班级相比，远远落后。只不过，在我看来，能讲，就是一种进步。这也算是对后面21—27课讲解的一次预演吧。因为课堂迟早是要全面让给学生的，只有他们，才是课堂的主人。听课获得的知识和自己参与课堂获得的知识相比，后者掌握的牢靠程度要更好。

这一周是开放周，尚振宇妈妈、王钰爸爸、陈雪妈妈、董兴喆妈妈、张一凡爸爸，一共有五位家长来校听课，比实际报名的人数少了一半，原因是什么，我也不清楚。我也能理解家长的苦衷，都是在工作日，请假不易，旷工更难，且听且珍惜吧。这里，除了倪毅楠爸爸微信跟我说临时有事来不了，表达了抱歉之外，其余的家长无片言只语。是的，开放周，也就是那么回事，你来或者不来，学校都是一样要搞这个活动，我们的课堂也是一如平常一样地上课。你没有来，那是你的遗憾，而不是我们的损失。你事先说来，事后又不来也不打个招呼，那也是你的问题，我不会就此对你有什么看法。对于这个活动，学校层面还没有什么总结，但对于我个人而言，这四天，三天有课，三天都有家长来听我的课，我没有任何的做作和表演的痕迹，只是常态上课，按照之前布置的进度和任务去完成我的教学，可能家长们会有不满意的地方，但这就是我的常态课。家长的感受如何，我觉得，我还是把陈雪妈妈的一段文字放在下面吧，这段文字，算是春秋笔法：

早上不到 7:10 分，任老师用电话欢迎了我，并告知今天第一节原本是语文课，因语文老师临时有事，换成了数学课。在学校大门口领取了一张家长听课反馈意见表后，在任老师的指引陪伴下，穿过长长的走廊，来到了高一（2）班，我们孩子们的教室。

教室里温暖如春，孩子们都在低头忙碌，仅有的抬头几眼打量也是一闪而过，而后仍然低头忙碌，就好像我只是班里一个迟到的同学而已。第一感觉很好，如此不受外界环境影响，孩子们的自控能力不错。（不过又一想，也许是我太无关紧要，丝毫影响不到他们，哈哈。）

我搬了凳子来到教室后面坐下，然后静静打量，慢慢融合。现在的时间是早自习，孩子们都在学习，教室里鸦雀无声。任老师时而巡视，时而对着几个孩子低语。被交代后的孩子简短应答后，接着学习，一片安静和谐。临近 7:25 分，孩子们在任老师的一声吩咐下，动了起来。我仔细观察，原来是各科课代表在收作业。其中一个孩子在经过我的时候，主动问候"家长好"，我高兴地应答，好有礼貌的孩子。然后有的交作业，有的擦黑板，有的整理课桌，在任老师又一声吩咐"准备好数学课的用品"后，孩子们陆续收拾，慢慢趋于平静。

没有看到任老师何时退出教室，第一节课的铃声还没有响起，一位年轻漂亮的美女就飘进教室，开口发声，温柔悦耳，干脆利落。我暗暗称赞，不愧是数学老师，简洁明快，开板即唱。再细听上课的内容——"反函数"，我是目瞪口呆，一窍不通。耳朵听不懂就让它闲着，眼睛忙碌就行了。

数学老师，思维敏捷，语速很快，讲解细致，板书清晰。师生之间的互动频繁。在数学老师提问和讲解时，男孩子大多回答，女孩子大多点头示意，也有时老师一两句幽默的话语逗得大家开怀一笑，气氛立刻活跃很多。在老师提问的不到 10 人中，全部回答正确。课堂 40 分钟，30 分钟新授知识，剩下 10 分钟学案解答，课堂上是分秒必争，没有一刻停歇，即使是老师让学生做题，也是老师刚口述完题目，学生立即就解答，课堂效率很高。

下课铃声响起的时候，老师的语速明显加快，但讲课仍在继续。课后还有一个孩子围着老师问，老师在耐心解答。任老师又不知什么时候站在了教室门口，也在为学生解答问题。

我作为一名家长，仅以外行人的眼光去听老师讲课，看孩子们上课，感受八中给我带来的一切。这些不同于孩子口中的讲述，不同于任老师网上的描述，更深刻、更立体地呈现在我的面前。我虽水平有限，流水记账一般地赘述，但这是我一个当妈的心里话。

感谢任老师，感谢所有任课老师，感谢八中，感谢你们为我们的孩子所做的一切。更感谢我们的孩子，因为有了你们，我们才得以和任老师、和八中相会，才得以丰富我们的人生。

最后感谢大家。

陈雪妈妈对于课堂的评价，应该是客观真实的，但对于班级的管理，有言过其实的地方。因为班级的管理，我并不是很在行，我是一个年轻的班主任，没什么经验，所以，在管理学生的时候不是很严格，总是有一种宽容和包容的心理，这个在今天中午和曹广闲聊的时候，也得以验证。这周班级自习课讲话的比较多，这让值周班长韩烨谦很头疼，在我值班的周二，我并没有发现问题有多严重。当然，我对值周班长是深信不疑的，她不会夸大班级的问题。我也曾经想了治理的办法，但是还是由于上面的原因，没有去实施。我总是心太软，怕我处罚他们，耽误了他们的学习时间，可是仔细一想，他们在自习课讲话，不也是耽误自己的学习时间吗？所以，下周，我必须果断一点。

这一周过完，十月也就过完了。2014 年，就剩下了 61 天了。2014 年的那些曾经许下的诺言，也就剩下短短的两个月去践诺了。能不能给自己的 2014 画上圆满的句号，就看剩下的时间如何去努力弥补之前的不足了。回想过去的 10 个月，自己是否虚度了光阴？展望剩下的两个月，自己是否能追赶时光？

不要在最该奋斗的岁月里选择了安逸，不要在最该学习的时候选择了放弃。

刘同说：谁的青春不迷茫。但刘同却有了一个还算不错的现在。

谁的青春，又会一直迷茫呢？

你们是我的小呀小苹果之开学第十周

2014-10-08

这是过得飞快的一周，因为三天上课，两天考试；这是过得匆忙的一周，因为忙于看自习，忙于布置考试的相关事宜；这是过得漫长的一周，因为从周一到周五，每天下午的5点到6点，我几乎都是在教室中度过，看着学生自习。这是什么样的一周，历史自会有个说法，但就目前而言，这是过去的一周。

一个人越懒，他明天要做的事就越多。懒惰是阻碍成功最大的绊脚石。周一上课检查作业，发现有5名同学没有完成，我知道他们的心思，但我必须拿出我的态度。你可以看不起我，但是你不能看不起这门学科。你把本该用来完成这门学科作业的时间用来做其他，那么我只能找其他的时间来让你完成你本来应该完成的作业。这样算下来，你是得不偿失的。所以，在正确的时间做正确的事，你会成功；在错误的时间做正确的事，你只能是失败。

你要非常努力，才能看起来毫不费力。学习这件事情，聪明不是第一位的，勤奋才是第一位的。你不够聪明，但勤能补拙。这个世界是平衡的。当你发现自己有缺点的时候，会用另外的优点去弥补它，最后达到平均线以上。但平衡是需要自己去努力的，你又想成绩好，又不愿意像学霸那样抓紧时间去学习，天底下哪有如此的好事。你总认为自己考上八中是最棒的，但你忘记了能跟你在同一间教室的，哪个又不是考上的呢？你在初中的时候是鹤立鸡群，但现在呢？都是鹤，你怎么办？每个月的自查分析，你都能找出自己的不足和薄弱，但是你只是把它写出来而已，你去想改正和补救的办法了吗？哪怕你只是想想也是好的啊，你连想都不想。只要老师找你谈话，你对自己的深刻剖析是那么地到位，但事后呢？你就是只知道认错，死不悔改罢了。你自己都不打算拯救自己，或者说你自己还是沉溺在中考胜利的喜悦之中，那你就是龟兔赛跑中的那只睡觉的兔子。

压力不是别人比你努力，而是比你牛几倍的人依然在努力。班级有几个学生，是天然的学霸。如退校管理员兼学习委员张健，课间操集合之前的短短时间，都会拿着一个小本背几个单词，晚6点等同学退校的闲暇，都会一直在那里默默地背诵，做一个安静的美男子。而对比有些人呢？只要老师不在，那就是他嘴巴活动的时间，唠不完的嗑，说不完的话，仿佛他的嘴巴是借来的，得抓紧时间用，要不然就得还回去了。

　　真正让你倒下的，不是对手，而是你绝望的内心。这一周迎来了入学以来的第一次大考——期中考试。第一天考完之后，我进班级看自习，小苹果们的表情就像是一个个放了一冬天的苹果，都蔫蔫了。或许考前他们对于自己还是有信心的：我连中考都经历了，还会被一个期中考试打败吗？三军过后尽开颜，三科过后尽现眼。高中考试之残酷，是他们没有想到的。数学难，难于上青天；语文累，累过长征罪；化学不易，且考且珍惜。当把希望寄托于第二天的时候，却不知道，希望不在前方，而在于平时的努力。这两个月你跟期中考试相比，懈怠了许多。所以你期中考试不如中考，也就是自然而然的事情了。

　　只有经历最痛苦的坚持，才配得上拥有最长久的幸福。当全部考试结束之后，我跟学生讲了我对于期中考试的一些看法，不敢说触动心灵，但最起码是有所触动的。再细聊，发现，除了知识上的准备不足之外，还有学生是因为技术性的失误，没有看到最后还有题目的，没有听清楚考试要求的。这种失分，从我的角度去说，就是活该。考试的知识性失误，我们还可以认真去学习弥补，考试这样的技术性失误，那不是老师能解决的问题。还有那些自以为是，从不听老师考前讲要求的，更是如此。你连最起码的游戏规则都不明白，你还要去玩游戏，那只能是犯规，扣分，罚下。

　　毕竟还是一群孩子，在我把所有要处理的事情处理完毕之后，我给他们一人发了一个苹果，算是对他们安慰吧。看着他们拿到苹果后开心的样子，我觉得，对于他们来说，期中考试已经过去了，剩下的，就是出成绩和家长会了。

　　该来的，总会来的。

　　另，一个小插曲：

　　史玥莹放学忘记拿大衣了，返回拿衣服的时候，很天真地问了我一句：老师，不是每个班都发苹果啊？

　　是啊，不是每个班都发，只有我们小苹果班才会发的。

你们是我的小呀小苹果之开学第十一周

2014-11-14

　　夜深了，我还没有睡意，尽管我很疲惫。照着现在的这个钟点，开学第十一周过去了，不留下一分一秒。正如它也没有打招呼，就走进我们的世界，走的时候，也是那样地匆匆。突然想起了任贤齐的那首《心太软》，仿佛很符合我今天在家长会的心情，对于班级的那些问题，我还是不好意思直接跟家长挑明，不好意思让个别家长在大庭广众之下下不来台。所以，只能是把所有问题，都自己扛。

　　其实，周五的凌晨，我很早就醒了，因为家长会的事情。这是 2 班的第一次家长会，尽管我已经准备了很久，但是还是觉得没有准备好。我是一个一挨着枕头就能睡着的人，但是我却在这个时候醒来睡不着了。索性起来，继续准备家长会的材料。好在我对今天下午的家长会还算满意，否则也不会在结束之后就在 QQ 里发了一条"圆满结束"的信息了。

　　这一周，用我的专业术语来说，就是天人感应。周一、周二的雾气沉沉，雾霾蒙蒙，就像学生的心情一样，这是要出期中考试成绩的一周，每个孩子脸上都写满了不轻松。对于他们来说，不知道什么样的成绩算是好，什么样的成绩算是不好，因为既不知己，也不知彼。所以上一课，出一科的成绩，心情就会忐忑一阵子，如临深渊，如履薄冰。出成绩，学霸不满意，是因为跟自己的预期有差距；学渣不满意，是觉得怎么这么快就现世报，就算是我这两周没有好好学习，也不至于这么差的成绩啊！总之，没有人能逃过这一劫数，或是天灾，或是人祸。等到周三，当所有成绩都出来的时候，气温降至 0℃，部分学生的心情也降至了冰点。周四、周五天气有些许的回暖，那也是因为他们似乎又从成绩中看到了希望，因为班级的大部分孩子还是进步了，退步的只是个别，因为毕竟仅仅是一个期中考试，天塌不下来。

　　你处理情绪的速度，就是你迈向成功的速度。那个哭着跟我谈心的孩子，其实是一个很用功的孩子，还是班级干部。但从我今天晚上离开教室时的观察，她还没有从期中考试失利的阴影中走出来，这个就不好了。如果一直这样，恶性循环，是会影响后面的继续学习的。

　　当然，我谈心的孩子不止一个，至少现在已经进行了五六个了，下一周还会继续。

利用这次考试，我会尽力与每一个孩子都进行一次谈话。谈话的效果如何，其实也是分人的。比如已经谈过的孩子中，就有一个没有任何的起色。当然，我也不是神仙，我没有点石成金的法术。一个孩子的成功，是孩子自身、家长、老师三者共同努力的结果，这其中，任何一个缺失，都会影响孩子的成长。现在就我自己使劲，那我就是使出浑身解数，也是无能为力的。

所以，我今天在家长会上说的一句重话就是：孩子对于家庭来说，是百分百的希望，对于我来说，就是四十七分之一，如果你对你的百分百希望都毫不在意，那我只能是去做我该做的事情。凡事，岂能尽如人意，但求无愧我心。

很感谢家长们的配合，除了一个家长没有来之外，大家都准时准点地来了。很感谢家长们的认可，虽然有人也说我的不是，但那也很正常，我又不是天使，做不到让每个人都喜欢。很感谢家长们对我的信任，我不会辜负你们的信任的。

最后的最后，我想说的是，我要睡了，要不然，我该说早上好了。

你们是我的小呀小苹果之开学第十二周

2014-11-22

嗨，星期五，欢迎你回来。是的，这个世上，最远的距离，不是天涯海角，不是"君住长江头，我住长江尾"，不是"你在我面前我却在玩手机"，这个世上，最远的距离，就是，从星期一到星期五。传说中的天籁之音，必然就是星期五最后一节课的下课铃声。

11月，注定是一个忙碌的月份，期中考试，家长会，这些虽然都已经过去了，但影响都还在，这也是为什么本周一我在给全市高一历史老师的讲座准备上略显不足的原因。尽管讲座之后大家都给予了很高的评价，但我知道，有失水准。但鱼和熊掌不可兼得，如果是过去的我，必定会将重心放在讲座上，一定要出彩，但今天的我，重心只能是我的小苹果们。

周一一大早就很忙，值周班长总结上周的工作，给组织委员王云嵩同学进行试用期的测评，安排这一周《班级成长日志》的记录，上课，批改，准备下午的讲座。一年之计在于春，一日之计在于晨，一周之计在周一，我看不见忙活的自己，但我知道，我在初冬时节，已经是汗流浃背。

这一周的周二开始，班级进入了学霸辅导模式。周二是物理，讲课的是谢宏宇，重在方法上的处理，尽管有人对他的讲解不满意，但我觉得，讲得不错，开了一个好头。班级的整体成绩要提高，是需要这样的学霸去讲解的。当然，其他的配合也要进展。两个宣传委员落实了周一每一个人制定的目标，重新布置了班级后面的板报，确定了自己期末的奋斗目标。晚上在史玥莹的主持下，班级召开了介绍学习经验和方法的主题班会。班级前五名、单科第一名和进步幅度最大的4名同学分别介绍了自己的学习经验和方法，从中不难看出，其实很多是有共性的，如果你能按照这些经验之谈去做，那么你的进步是指日可待的。而我的任务，则是给这些孩子们发放一本书，算是对期中考试的奖励。当然，钱是我自己出的，书是我自己买的，这么做，我就可以自由支配我的书，所以，我可以把剩余的书给金默雨，也可以给王雪晴，当然也可以给我新收的徒弟。

相信周三张立佳对生物知识的讲解对于班级绝大多数同学来说就是震撼和惊艳

了。知识结构的构建，知识框架的整合，知识前后之间的联系，让人很容易明白为什么她的生物成绩那么好了，或许也就能明白，为什么她在竞选的时候敢于说她能改变班级的学习成绩这样的话。如果班级的其他孩子，能像她一样去整理笔记、构建知识、瞻前顾后地把学过的知识联系起来，从生物出发，举一反三，那么可以相信，不仅仅是这一科学习成绩会好，其他学科的成绩也一定会提高很快。但很可惜的是，我真的不确定有多少人能做到。有些孩子，听的时候羡慕，听完之后就抛于脑后了。你们有那么好的年纪，为什么不给自己更多奋斗的可能呢？

周四化学，周五数学，都是考试的方式。但两相比较，数学考试组织得就很不理想，我也对董兴喆提出了批评，下次一定要组织好。既然我们把时间拿出来了，那么就要充分利用好，只有好好利用，才能真的是对班级的学习成绩有促进作用，如果准备不充分，那么就浪费了学习的时间，久而久之，反而成为了一个累赘。

总之，我对这一周的学习安排比较满意，加上周二我组织的语文背诵和周五我负责印刷卷子、王雪晴组织的英语听力测试，让整个一周都过得充实而有意义。

这一周还进行了换座位。在换座指挥员曹广的精心设计和指挥下，班级的座位进行了一个大的更换。可以说，这次换座，将学霸进行了地域上的分散，或许会对学习有所促进，尤其是对那些在学习上有困难的孩子，希望你们能理解老师的良苦用心。或许你们失去的只是一个习惯了的同桌，但你们得到的，是未来成绩的长足进步。

2班的孩子们，都是很好的。

你们是我的小呀小苹果之开学第十三周

2014-11-29

忙碌的十一月总算是要过去了，这是十一月的最后一周。这一周从班长的生日开始到班主任的生日结束。这一周，看似没有什么大事，在风平浪静中度过，但实则暗流涌动，只不过，一切都化险为夷，转危为安。

在 iPad 上写小苹果的日志，是我第一次这么操作，实在是太累了，不想起床去打开电脑码字。累于身体，我觉得自己还年轻，扛得住，睡上一觉，满血复活，但累于心，则不是那么容易复苏的。心情的调整，需要时间的流逝。所幸我还是一个心宽体胖的人。

这一周，包括上一周，班级的统练成绩都不算理想，出现了低于年级平均线的现象，这在过去是没有的。我已经在班级发出了警告，告诫他们要全力以赴去学习，不要受学校活动的影响。学校活动班级成绩不错，但学习成绩才是最硬的衡量指标。如果成绩下滑，班级就算是贴满了奖状我也是一个失败的班主任。

这么说话，并不代表着我只关心成绩，只是因为成绩的变化有明显的标志和标准，而其他的变化则不那么明显而已。

不明显，也要去做。

周二到周五的早晨，现在已经充分利用起来。每一个给大家讲题讲方法的同学，都是认真对待，精心准备。他们自己把这个活动看作是学习的交流，而不是自我的卖弄。他们希望尽自己的一份力量，以提高班级的整体成绩。所以，所有的班级同学，包括作为班主任的我，都应该感谢他们。

当然，我也希望更多的孩子能加入这一行列。

文明其精神，野蛮其体魄。几项体育比赛，都是频传捷报。多才多艺的孩子们，总能找到属于自己的舞台。如果我们的教育评价标准不是那么的单一化，该有多好？

流年不利，今年班级的任课教师虽不是顶配，但至少是标配了。可惜天不假人，语文出走，外语病疾，化学中途换人；生物有恙，地理不康，体育黯然神伤。这样的人马步履蹒跚到今日，且行且珍惜吧。

是的，珍惜。因为在一起就是缘分，按照现在的换座位方案，你和老对（搭档）

在一起的时间，就只有 55 小时。你要珍惜这 55 小时，学会与不同的人相处这 55 小时。取彼之长，补己之短，共同进步。与性格相同的人在一起，当然是最好，与性格相左的在一起，才更能体现出你人际交往的能力。现在你们不理解不要紧，总有一天，你们会明白我的良苦用心。

周五是我的生日，家长在 QQ 群里发起了祝福的接龙，挺感动。其实，老师就是这么简单的人，一句暖的话，就能让我很满足。临睡之前，王钰发来了一段话，完全模仿我的语气，就当作本文结尾吧：

亲爱的任老师：

今天是 11 月 28 日，是您的生日。我不知道历史的今天都发生了什么，我只知道也许永远只知道 11 月 28 日是我高中第一位棒棒的班主任的生日。也许您应得的不仅仅只是一句祝福，但我还是希望您能够在未来的日子里开心豁达快乐。

任俊琴老师，您的明天一定更加辉煌灿烂，我会在您的帮助下努力进取！

你们是我的小呀小苹果之开学第十四周

2014-12-05

　　一月新始，万物寂沉。内心骚动，情非得已。诱惑之多，难以把持。这些辞藻堆砌在一起，或许都不能形容这一周，这一周，从飘雪开始，到飘雪结束。初雪中迎来新的一周，在雪中告别了这一周。但是回眸一周，我心却不能平静。

　　周一的早上，当广播中播出流动红旗的获得班级中没有2班时，我看到了他们脸上失望的表情。是的，应该有2班，但是就是没有。一个人也好，一个班级也好，最可怕的不是失败，而是我本可以做得很好。说说扣分的情况吧，漫长的十一月，因为自习课扣一分，因为水杯的问题扣两分，都很冤枉，但也都很正常，正如一位同学在班级日志中写的那样，责任心不够。的确如此，每个人都比较自我，从不关心他人。看着老对睡觉，那是绝对不会去叫醒的，既没有这样的义务，也没有这样的爱心。卫生值日，就是一个人或者几个人的事情，而其他人就是摆设了。今天晚上放学之际又看到了于华宇进行卫生的清扫，张健说，班级要是有两个于华宇多好！是的，这话说出了我的心声。这周的3号下午扣一分，4号中午扣一分，这个月才开始一周啊！这还不算，校长扣错的四分还未追回来。我说了这么多，搞得自己跟祥林嫂一般，如果再去说我不在意，那就显得假模假样了。

　　临近期末，我这一周本来定的工作重心是抓学习的，为此我给每一名同学印发了《清华北大500名学霸学习方法》，在班级的板报栏贴出了《我为什么上北大》的励志文章，延续已经两周的早自习班级学霸讲题模式和晨考，但上面的这些扣分，让这一切显得很搞笑。但是学习之重，断不能忽视，该抓还得抓。启动了班级的监控设备，观察学生在课堂上的一举一动。居然有学生睡觉，从早上到下午，而且是所谓成绩还不错的学生。我从内心排斥这样的孩子，当然我不会有失公平公正地去对待他，只是我觉得，作为一个学生，学习态度是第一位的，上课睡觉这样的事情，是对老师的不尊重，是对学习的不尊重，换句话说，就算是成绩再好，也毫无意义。我不是一个唯分数论的老师，尽管分数会在对我的考核中占据很重要的地位，但我更在意的是人品。

　　要想获得新生，就必须彻底改造旧的自我。班级亦是如此。旧有的班规，似乎仅仅是你好我好大家好，只有全面升级，把时间都充分利用起来，才能更好地去面对期末。只有充实起来，才不至于陷入无限的悲伤之中。

　　每个人都想舒舒服服地过好每一天，都希望不努力不刻苦成绩也能好得不得了。每个人面前都有两条路要走，必须要走的和想要走的，只有走好了必须要走的路，才能走想走的路。如果顺序上发生了颠倒，在错误的时间走了错误路，后果就是迷路，就是马航的飞机。很多烦恼，其实都是暂时的，是你目前还没有成长到足够优秀。我们不能做到食量无上限，而成绩却无下限。

　　期待下一周的到来，期盼这一月的过去。

你们是我的小呀小苹果之开学第十五周

2014-12-13

白雪皑皑中，我们迎来了又一周。冬天到了，气温降了，但班级的气氛，却是在升温。这一周，柿子节，12·9迎面接力，羽毛球夺冠，乒乓球亚军，接手超市，个个忙得不亦乐乎。但也因为忙，孩子们过得比较充实。这个时候，就能看出来哪些孩子有心眼，哪些孩子没心没肺了。有心眼的孩子，知道自控，即使活动很多，学习还是摆在第一位的，会抓紧一切时间学习。没心眼的孩子，全靠他控，只要有风吹草动，微风在他那里也会变成大风，心不在焉。总是他控的孩子，是不可能自控的，总是他控的孩子，是很难成为学霸的。班级中能够自控的孩子，如金默雨、张嘉怡等，昨晚上接手超市点货那些时间，两个孩子都知道拿着作业去，而不是干坐着。而不能自控的孩子，我想他自己也是知道的。

好孩子总是相似的，有问题的孩子各有各的问题。说到有心眼这个事情，我不得不说说王钰。这是目前班委会成员中最为负责的。每天的间操、眼操，绝对到位。就拿12·9迎面接力这件事情来说，她都能想到很好的办法，不仅是技术上的指导，还有实战，更有谋略，从一开始的找语文老师参与到后来找政治老师帮忙，足见其智慧。她原来是干过班长团支书的，现在在2班干体委，有点屈才了，但体委绝对是个技术活，而且不管是干什么，都需要脑子。

如果没有王钰那样的脑子，那么就要有责任心。这一点两个生活委员都做得不错，从统计社保信息到每次的收取班级费用，两个人都是尽职尽责，几乎从不出错。

如果没有责任心，那么就要有决心。人类最大的武器，就是能够有豁出去的决心。自从卫生委员韩烨谦开始豁出去之后，班级这一周再也没有出现因为卫生问题而扣分的现象了。当然，这或许也和曹广这一周负责值周有关。这个孩子我上面说的这些都没有，但是他有一膀子力气，而且不惜力，缺点就是管不住自己的嘴。如果能改掉这个毛病，假以时日，不可限量。

早上的学生讲题还在继续，而且我们用自己的行动去影响和改变老师。当然，只能是潜移默化，而不能是生拉硬拽。自化学开始有小考之后，生物老师也开始安排小考了。这是一个好事情，最起码我们的想法变成了行动，我们的行动改变了环境。不管过去是什么情况，至少现在改变了，不管未来怎么样，我们最为重要的是当下。无限的过去都以现在为归宿，无限的未来都以现在为起点。把握当下，抓紧现在。

关注现在，并不是要放弃梦想。关键在于我们的梦想是什么。梦想太大，我们时常承受不起；梦想太小，往往被现实淹没。12·9那天，很多人关注的是如何纪念12·9，而我只是认为，如果从9月1日开学算起，到12月9日，正好是这一届孩子们在高中的100天。这100天，或许在人生的长河中算不了什么，但对于他们来说，就是一个分水岭。好好学习的100天，自然会感觉高中的时间过得真快，自然会更加地抓紧时间学习，以期给自己一个美好未来，去实现自己的梦想。稀里糊涂的100天，自然也会感觉高中的时间过得很快，却不知道时间都去哪儿了。度日如年的100天，自然会感觉高中的时间过得真慢，为什么从早上7点到下午6点比从晚上7点到早上6点要长那么多。人与人之间的差别，或许就是这么简单。

期末临近，该收收心复习了。这个世界的诱惑很多，比如手机，比如网络，比如美食，比如一些本不该这个年龄去谈及的感情。能不能抵制这些诱惑，就决定了你在期末会有怎样的成绩，甚至还会决定你的未来。人，痛苦的不是失败，而是我本可以。

真不希望等到期末考试了，听到你们说，我本来可以好好复习备考的，但现在没有时间了。

真的，不希望。

你们是我的小呀小苹果之开学第十六周

2014-12-19

自从干班主任这个活，我就不想出差了，因为的确走不开。但是单位安排出差，却是我不能拒绝的。所以，还是会有这样的意外。一周中的一天半，我是看不到他们的，自然也就无从知道他们的情况。不是眼不见，心不烦，而是望眼欲穿，心有千千结。

但又能怎样？

不知道他们周四下午是如何度过的，但我相信有王钰在，眼操就不会出问题。不知道他们周四的晚上退校怎么样，但我相信有张健在，退校就会平安无事。不知道他们周五的数学晨考是否进行得顺利，但我相信有张立佳在，一切会好。不知道超市的交接是否顺利，但我相信，有金默雨和蔡天昊在，会很好地完成任务。我相信卫生肯定不会扣分，因为班里有韩烨谦。我相信班级会一切如平日般的好，因为有张嘉怡。是的，我相信，不是因为我看不到只能相信，而是我真的相信。现在的班委成员中，上述的这些，完全值得我信赖。

但我的班级不是没有问题。这一周的问题就是两名同学没有上校本课，当所有班级的其他同学都在为争取不扣分而努力的时候，他两个主动申请扣分了，而且还是两分。既然心里没有班集体，那么班集体也不应该有他们两个的位置。既然自己解决不了这样的问题，那么我就只好劳烦二位的家长来了。你不心疼你的父母，我为什么要心疼？你愿意折腾他们，我只好满足你的愿望。我不是一个不讲道理的人，但是跟不讲道理的人去讲道理，就如同韩寒在《后会无期》中说的那样：我们听过无数的大道理，却仍然过不好这一生。最后的解决方案，是家长的主意，既然家长给我台阶，我也就不用站在上面尴尬了。因为处理完这件事情，我就要赶着去车站了。也算是在我临行之前，事情有了一个圆满的解决。当然，周一见。

这一周超市的经营也有问题。三楼的擅自主张，我已经听说了，但我听说的时候，已经来不及处理了，所以，也只能是周一见。所有参与超市经营的孩子们，不管是负责账目的、货品的，都很辛苦，也都很认真负责。通过这个事情，可以说都经历了一种锻炼。我对待超市的态度，就是挣钱不是最重要的，最重要的是不要出错。因为以后你不管从事什么工作，出错就意味着白干了。如果经常出错，那就是老白干。我们不是酒，不能总上头。这个事情，张嘉怡说能处理好，我相信她有这个能力。

昨天越来越多，明天越来越少。当我敲完这些字的时候，昨天继续增加，明天又将来临。那就让明天来临，那就让时间流逝。你怎么样对待时间，时间就会怎么样对待你。

我们的决定，会决定我们的未来。

你们是我的小呀小苹果之开学第十七周

2014-12-26

2014 年 12 月 22 日，周一，农历十一月初一，进入冬月，赶上冬至。冬至不是"冬天来了"，而是"冬天的极致"，寒冷的日子到了。

我本不是一个细心的人，只是对吃比较敏感而已。中国的节日，大多都是在吃什么中度过的，冬至吃什么？自然就是饺子。好吃不过饺子，站着不如躺着。这是北方人的习俗，连在一起，就是睡觉吃饺子，做梦娶媳妇。饺子，我所欲也，媳妇，亦我所欲也，二者不可得兼，舍媳妇而吃饺子也。周日晚上就挨个打电话看看谁家能在冬至这一天给送饺子外卖，大多都拒绝了，因为这一天，店子里的生意还忙活不过来呢。但你有拒绝意，我有坚持心。功夫不负有心人，终于还是有家店答应了我的请求。于是，孩子们得以在冬至的中午，吃到热气腾腾的饺子，虽然可能在数量上略显少了一些，但我想孩子们是不会计较的。

生活上无微不至地关心，自然是希望他们不用考虑学习以外的事情，全心全意投入到学习中去，才能在考试中取得好的成绩。这一周我对语文的背诵抓得比较紧，效果也比较好，周四的时候，抽查了 10 名同学都能合格地背诵兰亭序。所以说，没有做不到的事情，只有想不想做的事情。只要你想了，就肯定能做得很好。不要满足于自己尚可的学习状态，要做最好的，你才能成为不可或缺的人物。

自身的努力比什么都重要。你若不坚强，懦弱给谁看？就算是有人想帮助你，想伸手拉你一把，也要知道你的手在哪里。自甘堕落，那么或许没有人能够挽救你。我不是普度众生的人，也做不到教好每一个学生。但我会尽我最大的努力，去改变能够改变的，而我，也会接受不能改变的。

如果去回顾一下最近的班级，以一天为限，我想大约脑子里会立刻出现这样的记忆：早上大约在 6 点 35 分左右班级的灯就会亮起来，那个时候就已经有人进入了教室，或学习，或补作业，等我打开监控观察的时候，每一天几乎都是一样的场景。学习者恒学习，补作业者恒补作业，其余的人，自然也没有闲着了。班级要静下来，非到 7 点不可。这个时候，有两件事会改变班级，第一件是我的出现；第二件是升旗。之后，相应的早自习会进行，或者默写，或者背诵，或者做题。这个时间目前利用得很好，也希望能一直坚持下去。等到 7 点 25，开始收作业，又会有那些管不住嘴的孩子，趁机喧哗，仿佛他的嘴巴，只有两个功能，一为吃饭，二为说话，没饭吃的时候，自然就要说话。又仿佛他的嘴巴不是自己的，是租来借来的一般，趁着在自己身上，要抓紧时间用，不然就浪费了。上午的课是无须赘言的，就连最爱睡觉的孩子也能坚持一上午。但间操就会出问题了，各种理由不想跑操，很是有趣。中午的午餐和午休，也大致能看出一个孩子的品味。你吃什么样的饭，几乎就决定了你是一个什么样的人，你午休时间的表现，几乎就意味着你下午的状态。下午是个很有意思的时间，但只可观察，不可言语。等到下午 5 点后，班级的纪律就会出现一些问题，这个时候就看到班委会成员的作用了。现在的班委会成员，我有很满意的，也有很不满意的。当然，大多数是比较满意的。班委会的成员，几乎是政治局常委的两倍还要多了。这样不好，需要改变。

期末越来越近，需要的学习氛围要越来越浓才好，但杂事是真的不少。超市，升旗，研究性学习结题，元旦联欢。想不被打扰，几乎不可能。我已经尽量不在班级去说这些杂事，为的就是不想影响学习。但我能创造的是一个小环境，大环境都在议论，又怎能不受影响。一群智商较高但情商一般的人，自然就被卷入其中，被裹挟。所以，动心忍性，增益其所不能。

这是 2014 年我写的最后一篇关于小苹果的日志了。

2014 年就要过去了，我很怀念它。

你们是我的小呀小苹果之开学第十八周

2015-1-3

时光荏苒，岁月如歌。2014年，悄然而去，带走了十七周的小苹果记录；2015年，不请自来，带来第十八周的小苹果记录。

严格意义上说，这不是一周，顶多算是半周吧。但半周也是周，也需要记录。这一周，从《班级成长日志》的记录安排上，我就别有用心。谁能在最后的那一天、那半天静下来记录？唯有学霸。这是我的设想，也是实际发生的事情。当班级都在忙于联欢会的布置的时候，只有学霸还在埋头苦学。当班级的其他人在观看学校联欢会的现场直播的时候，只有学霸是背对着电视，两耳不闻室内声，一心只在学习中。对于这样的场景，我不想作太多的评价。我想说的是，一个人选择什么样的生活，那是他自己的事情，我们不是他，无权干涉，无法评价。

这一周的值周班长是文艺委员。这是我指定的一个班委会成员，没有什么其他的想法，只是觉得，这样技术性的职务，还是需要有特长的人来担任。一般而言，这种特别岗位的特别的人，我是不会安排值周班长的，这也是为什么至今两位宣传委员都没有担任值周班长的原因。但这一周特殊，需要对班级的联欢会予以布置和安排，所以，我选择了文艺委员作为值周班长。事实证明，她能胜任工作。班级的联欢会进展得很好，从采买到现场的环节到节目，都很不错，是2014年我见过最好的班级联欢会，没有之一。

知道干什么并不难，难就难在知道什么不能干，前者靠理解，后者靠悟性。班级的大部分同学还处在理解阶段，悟性可以说基本没有。这也是为什么一些本不该出现的班级现象会出现在记录本上。周三早上我在走廊打电话的那一会儿，班级在讲生物卷子，有一点不安静，我在早自习回去的路上遇到了李校长，李校长点出了班级的问题，我没有申辩，也不需要申辩。事实如此，我承认。个别同学的嘴，管不住。如果是女同学我还是可以理解的，小姑娘嘛。但是男同学我就不理解了，你要是说他，马上还小脸。坚决不承认自己说话了，或者承认了也是说在讨论问题。别逗了，我当老师的年头也能按照两位数起步了，我难道不知道你是在干什么？！讨论什么问题能让你眉飞色舞，能让你喜笑颜开，能让你发出爽朗的笑声？够了！在你眼里和心里，压根就是旁若无人，你从来不会考虑你的行为对周边同学的影响，你只考虑你自己，你太自私了！

我不需要你的什么承诺，因为那些承诺，你根本做不到，最多也就是当时惊天动地，过后苍白无力。你只是晚上想了千条路，白天还是去走老路。

我写的话让人感觉我在生气，其实我没有，看日志的朋友大可不必为我担心，担心我气大伤身。当然也不必幸灾乐祸，认为你又把我惹生气了。我还不至于如此。我有很多开心的事，比如班级的乒羽联赛，囊括了冠亚军，比如我的"最萌老师奖"。这才是我生活的主打菜。

好了，就到这里吧。

你们是我的小呀小苹果之开学第十九周

2015-1-9

继上次在长春写小苹果系列之后，这次我在天津写小苹果系列。

这是比较长的一周，有6天。这是比较枯燥的一周，因为考试即将来临，这是比谁静心，比谁坐得住，比谁能看书看进去的一周，唯有如此，才能在下一周的考试中脱颖而出。

世界上最勇敢的人，是每次跌倒都能爬起来的人。学习也是如此，最近班级的统练成绩一直都不算好，但也不算坏。问题不在于最后的成绩如何，而是在于你对待考试的态度。如果你不能勇敢地去面对，那么，不管是正式的考试，还是统练，你都不是强者。不要以为你只是对待统练不够认真而已，你的这种不认真的习惯，会有惯性，会延续到正式的考试。相反，如果每一次都能从考试中找出不足，那么这样的孩子，会成为最后考试的强者。

90后普遍存在的问题，是读书不多而想得太多。还没有考试，就想着要是考到多少分，就可以跟家长谈什么条件。要是考好了，就可以怎么怎么样。想法天天有，想法何其多。但空想解决不了任何问题，有那个时间去想、去发呆，为什么不能静下心来去复习呢。多做一个题，多看一篇文章，多背几个单词，或许对你的考试会有改变和提高。

等到期末考试结束后，让你觉得更失望的，不是你这一学期做过的事情，而是你没有做过的事情。没有认真听讲，没有认真完成作业，没有听老师的话好好复习，没有抓紧时间学习。而这些，已经来不及。一个强者，要有三个基本要素，最野蛮的身体、最文明的头脑和不可征服的精神。你有什么？该体育活动的时候你在看书，该学习的时候你却在假寐，该坚持的时候你却已经屈服了，"反正已经这样，等下学期再说吧"，这或许就是你现在的想法。

你喜欢追求，方法就会越来越多；你喜欢放弃，借口自然越来越多。你喜欢什么，那是你自己的事情，而你不喜欢的结果如果来了，那么正是你喜欢的行为造成的结果。这个世界上只有结果，没有如果。拿出你们的实力来，迎接不管是愿意还是不愿意的期末考试吧。

你们是我的小呀小苹果之开学第二十周

2015-1-16

两天的上课，两天的考试，加上一天在家里写个人总结、成长手册，这是小苹果的第二十周。两天的上课，两天的监考，加上一天头不抬眼不睁地批卷子，这是我的工作。

这一周班级承担了升旗仪式，从旗手到演讲者，都是班级投票选出的。我不干涉，最后任务完成得很好。这说明他们还是有自己的眼光的，只要没有私心，相信每个人都清楚谁适合干什么，能干好什么。当然，在降旗的时候出现了一点小意外，但那不是孩子们的问题。自然界的事情，不能强求，与天斗，不是其乐无穷，不是人定胜天，但我会想办法去解决这个问题，不让孩子们在升旗的问题上留有遗憾。当然，我没有王云嵩妈妈说得那么好，真的。

周二接连有两个孩子生病没有到校，我有点慌了。一个是担心他们的身体，另一个也是担心他们不能参加期末的考试，毕竟辛苦了一个学期，在最后检验的时候，总是应该参加的，看看自己一学期的努力，看看自己努力后的收获几何。但凡事就是这样，尽人事，听天命。事实证明，他们也是和我想的一般无二，都正常参加了考试。周二晚上的自习课纪律可谓差到了极点。心散了，都想着早点收拾完毕，早点回家去准备明天的考试，没有几个能静下心的。可以理解，但无法原谅。

周三、周四是他们的考试时间，有的孩子的考试是凭实力，有的孩子的考试是凭运气，有的孩子的考试是凭眼力，有的孩子的考试是凭想象力。戏法人人会演，巧妙各有不同。我参与了几场监考，能看到有孩子神闲气定，不慌不忙中樯橹灰飞烟灭；有些孩子抓耳挠腮，左顾右盼，只恨监考老师太严；有些孩子闲得五脊六兽，恨不得早点结束考试，结束这种煎熬。平时不努力，考试徒伤悲。学习这样的事情，做不了假。你让别人愉悦的程度，往往决定着你的人生高度。

我这周没有停止班级成长日志的记录，安排了四个班委成员记录，从记录的内容和记录的态度来看，目前的班委成员还是认真负责的。当然能力有大小，态度是第一位的。他们的任期是到期末，能不能连任，完全取决于他们自己在这一学期的表现，完全取决于他们自己。我会看在眼里，记在心上。但我相信班级的每一个人，心里也都会有杆秤，知道如何衡量。

　　周五我批卷子，看到了一张卷子。实话实说，我很难相信这张卷子出自第一考场。这样的孩子，看似很有礼貌，实则不然。这个世界，不是每一句"对不起"，都能换来"没关系"的。你既然没有抽出时间背书，那完全可以一个字都不写啊，你既然都已经知道批卷子很辛苦了，为什么不空着卷子减轻一下老师的负担呢？你没有时间背历史，时间都去哪儿了？你瞧不起这门学科，我也瞧不起你。有能耐不重视历史，就不要在卷子上随便地写写画画。

　　这样不好。

你们是我的小呀小苹果之开学第二十一周

2015-1-22

早上来到学校，把早餐打好，习惯性地开电脑，看监控，观察小苹果们谁来得比较早，看到空空如也的教室，我才知道，小苹果们已经放假了。是的，我要暂时离开我的小苹果们了。

这是第二十一周，孩子们回来主要就是拿成绩、听老师讲期末考试的卷子、开读书报告会、个人总结交流、大清扫等琐碎的事情。看似没有正事，但每天也紧张忙碌，只不过，对于他们，是真的松懈了。而对于我而言，则是需要忙活的。编筐编篓，重在收口。越是到最后，越是松懈不得。

核对成绩之后，发现一些孩子的脸色不好看。我个别进行了心理疏导，毕竟忙活了一个学期了，孩子们还是希望自己能有一个满意的结果。但要看到，毕竟只是一次考试，影响考试发挥的，有很多因素，知识性的、心理性的、生理性的，等等。看到成绩之后，要分析不足，找出问题的症结所在，利用假期的时间进行弥补、改善、提高，一切都会好起来的。但如果意识不到问题的所在，还是一味地认为自己没有问题，或者不能正确地认识自己的问题，那么后果就很严重了。

周一的读书报告会史玥莹主持得不错，这一学期的几次大型活动，我都安排她来主持，实践证明，她是一个很好的人选。关于读书报告会之后我说的那些话，其实也是有感而发，只不过，深讲不得。对于他们的读书，我只想通过我个人的阅读去影响他们，而不想干涉他们的读书内容，毕竟不是同时代的人，读书的兴趣也是不一样的。但不管怎样，读书，都是为了遇见更好的自己。

周二的个人总结交流会，每个小组都有一个人宣讲了自己的个人总结，我因为忙于自己的一些事情，听得不够认真，但其实我是在倾听的。不过还是出了点小问题，有两个孩子的个人总结我没有点评。现在凭着残存的记忆，我简单说两句吧。这两个孩子的总结，都谈到了自己在这个学期的成长，也都谈到了自己在这个学期的改变，第一个是学习方面的，第二个是工作方面的。我认为两个孩子的总结都算是贴切的。其他6个人的总结，我都在那天点评过了，在这里就不一一重复了。我相信我说的那些话，他们都能明白。总结这个事情，其实意在展望未来。如果仅仅是总结出了一堆问题而接下来还是继续这些问题的话，总结毫无意义。我个人不喜欢为了总结而总结，如果总结和实际严重脱节的话，干脆不要总结。

周三的班会，我先把成绩跟他们分析了一下，然后就是教育讲话。对于成绩，就班级排名而言，有提高的，自然就会有下降的，这是个定律。但具体到每个人，自然就不一样了。上升的沾沾自喜，下降的黯然神伤。如果再对比他们期中考试后定制的个人目标的话，不难发现，他们既不能正确地认识自己，也无法正确地认识别人。关于教育讲话，算是例行公事吧。

最后的大清扫，或者说每次的大清扫，都是观察学生的最佳时机。这个时候你就能看出来谁是真正干活的孩子，谁是偷懒耍滑的孩子，谁是勤勤恳恳的孩子，谁是浑水摸鱼的孩子，谁是表里如一的孩子，谁是道貌岸然的孩子，谁是认真负责的孩子，谁是马虎应付的孩子。这些，我心里有数。

愉快的寒假开始了，小苹果系列也可以告一段落了。

新学期，再见。

你们是我的小呀小苹果之开学第四周

（下学期）2015-3-27

人在江湖，身不由己。过去我也常常将这句话挂在嘴边，但这次，是真的身不由己。上学期我的小苹果系列是一周不落地记录的。而这学期，我却一开始就是从第四周开始的。而且，就是这个第四周，我也是从周二才开始的。具体的原因，由于保密工作的需要，不在这里说明。总之，前三周，我是缺席的。

也有朋友跟我说，你可以把前三周的补上，凑个完整的系列。我觉得一是不可以随意地去书写本来不存在的历史，二是也确实不知道那三周发生了什么。失去自由，真的可怕。失去对外界的认知，同样也很可怕。真如我在上一篇日志中写的那样，人类只有失去自由，才知道自由的宝贵。

当我3月24日早上6点50出现在班级门口的时候，我隐约听到了班级某个地方暗暗发出一个声音："好日子到头了！"虽然我无法判断这一声音发自何人，但仅仅这一句我就知道，前面三周，他们过得太安逸了。想必纪律上是松懈了很多。果然不出我所料，听着广播中提到的扣分，看着班级里七扭八歪的座位，后面的黑板报都已经被风吹得零落了。这还是原来的那个2班吗？尽管我在走之前做了很多详尽的布置，但毕竟落实在纸面上的东西和真正去执行，那还是有差距的。

当然，刚刚回来的我也没有完全进入到工作的角色。但我知道，我必须尽快忘记这一个月的疲惫，尽快履行我作为一个班主任的职责。于是，第一天，尽管已经到了下班的时间，但是我还是没有下班，了解情况，整理手头的工作，尽快弥补我三周不在所造成的一系列问题。

周三的早晨，我依旧很早就到了班级。果不其然，有四个孩子没有在班级规定的时间到校。虽然从法理上没有耽误上课，但班级已经进入到自习的状态，你再进入班级，就会影响到大家正常的自习，这是一个个人道德的问题。不要以为仅仅是一两分钟的事情，也不要以为仅仅是偶尔一两次的问题，这是一个人素质的体现。守时是起码的礼貌，不打扰他人是基本的要求。晚上我值班，观察了班级的情况，总体还是不错的。这也和我预计的差不多，但是明显发现，有人身在教室，心却不知去了何处。

周四班级出了一件大事，一个表现不好的孩子直接被校长逮住。对于这件事情的处理，我其实没有想那么久远，但既然已经发生了，就得去面对。事情的最后处理，要好于预期。但实话实说，仅仅是结果比较好而已。要想让其真的发生转变，难于上青天，我承认我做不到。

周五没有课的我，也没有落得清闲。今天的周五，几乎成了一个家长接待日，有我约的，也有约我的。家长跟老师沟通，其实是一个很好的解决问题的办法。我本人也不排斥这样的沟通方式。虽然说现在网络很发达，电话也很方便，但有些话，我觉得还是当面说更有效果。发现问题，及时沟通，及早解决，别等到小问题成了大问题，大问题成了解决不了的问题，那个时候，悔之晚矣。

今天进行了新的分组和教室的布置。一切从新开始，建立小组之间的良性竞争，让2班，重新树立上学期所有的朝气。

2班，一定要不一般！

你们是我的小呀小苹果之开学第五周

（下学期）2015-4-3

本周是开学的第五周，也是跨月的一周。结束三月，进入四月。开学的日子总是过得飞快，一眨眼就是一个月逝去，光阴不再。本周的班级氛围才是 2 班真正的班级氛围，本周的班级情况才是 2 班真正的班级情况。我不敢说我的回来改变了 2 班什么，我只能说，我的回来，让 2 班真正进入了状态。

借着学校班级文化建设之风，2 班班委会成员也将 2 班已经形成的班级特色进行了总结和展示。这件事情，从头至尾我都是完全信任班委会成员。从最终的结果来看，他们完成得是不错的。

在班歌的选择上，大家争议比较大，但最后还是选择了陈奕迅的《相信自己无限极》，这首歌我之前没有听过，看了歌词之后，我觉得孩子们的欣赏品味是很高的。完全能够代表他们这个年龄段的特点和那种永远向上的精神。

班级榜样的确定，我让班级每个同学参与投票，选出自己认为能够代表 2 班的人选。从最后的当选结果来看，张健和张嘉怡的当选，在情理之中。这也充分说明了班级的风气是正的，孩子们的眼睛是雪亮的。

本周的日常表现，还算满意。一周五天，仅有两人次迟到。而迟到的这两个，也都是"老手"了。本周的卫生状况很好。跟之前不同的是，现在将学习小组和值日小组合二为一，大家责任到人，干活也不会斤斤计较了，加上两个卫生委员的尽职负责，班级的整体卫生状况好了许多。在班级的布置上，曹广在指挥换座之后，将班级的桌椅尽量靠后，这样教室显得整齐了许多，而且也对过道进行了严格的控制，方便老师指导小组合作学习。

本周进行了两次统练，英语成绩有所提高，但化学成绩不容乐观。班级始建至今，英语一直是一个老大难，虽各方面努力，但收效甚微。通过百词一件事，可以看出他们对待英语单词也是不认真的。今年高考考纲的最大变化，就是增加了 500 个词汇量，如果不认真对待词汇，将来会吃亏的。

化学成绩应该说已经有了很大进步，但是跟兄弟班级相比，2 班还是落后的。更为可怕的是，在班级内部差距也很大。成绩最高的小组和成绩最低的小组分差就已经 20

分了。同样在一个班级学习，差距咋就这么大呢？

本周尚振宇同学回归了一天，但还是不能坚持上课。高中课程的耽误，实在是一大损失。本周已接近尾声，又有王钰同学意外受伤，真是雪上加霜。期待清明小长假，大家都能休息调养，期待小长假之后，大家都能满血复活回来。

你们是我的小呀小苹果之开学第六周

（下学期）2015-4-10

第六周，清明小长假之后，休息归来，是否要好于之前的疲惫之态？

春天来了，天气乍暖还寒，保暖自然是一件重要的事情。但毕竟人间四月天，万物复苏，孩子们也精神百倍。放假回来第一天，一切有条不紊地进行中，负责学籍核对的张立佳将工作做得很漂亮，负责校服补订的蔡天昊工作自然也是出类拔萃的。中午的辩论赛，在孔繁玮等四人的努力之下，谈笑间，樯橹灰飞烟灭。这一天的一件件事情无不告诉我们：复杂的事情简单做，你就是专家；简单的事情重复做，你就是行家；重复的事情用心做，你就是赢家。谁不想成为人生的赢家呢？仅有自己的肯定哪里能够，人生的意义，在于别人的肯定！

美好是属于自信者的，机会是属于开拓者的，奇迹是属于执着者的。一个学生的自信与否，体现在对待作业的态度上。你如果作业是抄袭的，说明没有自信心，已经认为自己是做不好作业的。只有抄着别人的作业，你才会安心。我从来就不相信什么"抄着抄着就会了"的说法。如果你一直这么抄下去，你从来都不是你自己，只是第二个某某而已。一个始终活在别人背后的人，将来能有什么出息呢？

平凡不可怕，可怕的是你安于平凡。学校要求从每个班级选取优秀学生，大约涉及到几个方面：学会学习、学会生活、学会合作、学会发展。动员班级同学报名，班里居然没有毛遂自荐的。这哪是90后孩子的特点？好不容易，才有金默雨一个同学报名。哎，报名难，难于上青天。这种事情我向来是不指定的，因为需要民主。但他们这种状态，实在是服了。

类似的事情还有书法比赛的报名，全班居然没有一个同学报名软笔书法。直到我说出获奖几率极大之后，才勉强有人应战。什么事情都不积极，只有玩是积极的。但一玩，还出事了。简义函昨天打篮球受伤了，这已经是开学以来班里第三个受伤的孩子。尚振宇尚未回归，王钰还没好利索，第三个伤病号就诞生了。对了，还真有生病的，今天康宇卓就没来上课，早上就收到了请假的短信。

下午的研究性学习报告会，比上学期的好了一些。但研究的东西，还是华而不实，还是流于形式。

你们是我的小呀小苹果之开学第七周

（下学期）2015-4-17

第七周，来也匆匆，去也匆匆。

周一早上晨会把一周的工作安排了，重点还是学习。鸟欲高飞先振翅，人欲上进先读书。周一下午我不在校，数学统练的纪律就是控制不了了。最近班级的数学成绩实在是差得可以了。同一个老师教，成绩相差有 10 分之多。这种差距，是建班以来从未有过的。考试如此，平日里的作业也是如此。对待数学作业，要么就是不认真完成，要么就是抄袭了事。作为班主任，我能检查作业是否收齐，但对于数学这个科目，我还真看不出是否抄袭。理科不同于文科，不会多抄几遍就能会的。数学在高中学习的重要性，不言而喻，但真不知道他们是如何考虑的，一方面很在意成绩，一方面又不想努力学习。一方面瞧不起那些成绩不好的人，一方面自己的成绩也差强人意。

班级推选优秀团员、三好学生，这件事我一直都不想去做。原因就是班级没有令我满意的好的榜样。学习好的，习惯不好；习惯好的，成绩不行；学习习惯和成绩都好的，不会为人处世。谁都知道榜样的力量是无穷的，但一旦榜样树立不好，其带来的不好的示范效应也是无穷的。

本周学校的活动有美术比赛，胡佳辰和李晶都上交了作品，孩子们的绘画功底还是不错的，至少我这个外行看着很喜欢。本周进行了辩论赛的第二轮，孔繁玮、张立佳等人组成的团队不可谓不强大，准备不可谓不充分，辩论不可谓不精彩，但最后折戟，错不在我们，而是组织者。既然赛前已经认定了观点，那辩论还有什么意义呢？我不想因为失败了去寻找借口，想要不被人践踏，你必须足够强大。本周另外一个活动是陶艺比赛，张健和孙宇参与了，目前我看没看到具体的画面，相信蔡天昊会传来后期的照片的。

迟到者继续迟到，班级现在就是这两个孩子迟到，其中一个一周内迟到两次。没有时间观念的孩子，不能掌控时间的孩子，注定是不能掌控未来的。学会控制自己，知道什么时候该干什么，这是一个人成熟的表现。有些孩子，注定是不乖巧的。你跟他讲法制，他跟你讲政治；你跟他讲政治，他跟你讲国情；你跟他讲国情，他跟你讲国际接轨；你跟他讲接轨，他跟你讲文化；你跟他讲文化，他跟你讲孔子；你跟他讲孔子，他跟你讲老子；你跟他讲老子，他跟你装孙子。

高雅不是装的，孙子才是装的。我尊重每一个有梦想的孩子，但我也希望每一个孩子认清现实。人生有两条路：第一条需要用心走，叫做梦想；第二条需要用脚走，叫做现实。

脾气，永远不要大于本事。

你们是我的小呀小苹果之开学第八周

（下学期）2015-4-24

开学第八周，在平淡中开始，在平淡中结束，但我却不是那么愿意平淡。对于生活，我希望平淡，不要像这一周这样，第一天是赵茜身体不适，第二天是刘馨宇崴脚，第三天是叶启明摔伤，天天受学生伤病的困扰。对于学习，我不希望平淡，我喜欢你们有激情地去学习，不仅是统练成绩出来之后为了分数的斤斤计较，而是从课堂到考试，从一而终。而不是现在这样，一看到班级的成绩，就大概知道高一一年级有几个班了。

你真正是谁并不重要，重要的是你的所作所为。你假装学习，我也可以假装教；你假装自习，我也可以假装管理。但考试是玩真的，这是靠实力说话的，而不是靠运气。一次的成绩好说明不了什么，一个人优秀与否，是靠一贯的表现。没有平时的认真学习，怎么会有考试时的气定神闲。有实力，才会有魅力。没有实力，运气不会永远站在你这一边。

人，应该竭尽所能，然后才能听天由命。个别孩子在考前出现了情绪上的波动，认为自己在期中考试很难取得好的成绩了。掰着指头算算，自己完全有实力能够超越的，也就两三个人。排名垫底的唯一可能性，就是这两三个人都不参加考试。我劝他不要过于悲观，自己应该去努力。你目前认为你可以超越的目标，是你能够保持目前不错的状态才能做到的，而一旦你现在选择了放弃，那么很可能你连自己预定的目标也完成不了。不抛弃不放弃才是一个人应该有的态度。

设立目标，每天进步一点点。要仰望星空，更要脚踏实地。每个人都有远大的目标，但完成远大目标的前提是从身边的小事做起。就目前而言，大目标太远，我们无法实现，那么我们为什么不把大目标分解成小目标呢？就像你打算把大象关冰箱里，是不是应该先把冰箱的门打开呢？总是去跟别人谈自己的远大理想，却不愿意从一点一滴做起，那么你的远大理想，或许就只能是幻想了。

控制自己，不要总是第一反应为自己辩护。现在有一种不太好的现象存在，就是问题出现之后不是想办法去解决问题，而是想办法去逃避责任。无论何时何地何事，只要被老师抓住，都是"老师你听我解释"，这一"解释"，就天南海北，不知所云了。千错万错都是别人的错，自己何错之有？在这一点上，我其实很想说说班长张嘉怡和生活委员金默雨。那天在 QQ 群里说了一件事情，我自己都不知道，或者说我已经忘却了。但在通报班级名单上，2 班是完成得最好最漂亮的。事先不用我操心，事中不用我过问，事后不用我费心，这样的班级干部，不是太多，而是太少了。他们从来没有想过等着老师提醒之后去做什么，而是一种积极主动的心态去完成属于自己分内的事情。甚至有时候，本不属于自己分内的事情，他们也会对其他同学做善意的提醒。

期中考试还有 10 天的时间。希望大家惜时。天将降好成绩于你们也，必先卸其 QQ，封其微博，删其微信，去其贴吧，收其电脑，夺其手机，摔其 Ipad，断其 WIFI，剪其网线，使其百无聊赖，然后静坐、读书、复习、做题、明智、开悟、精进，而后必成大器也。

谨以此文，献给小苹果们。

你们是我的小呀小苹果之开学第九周

（下学期）2015-4-30

  又是一周，虽然只有四天，但在教学单位上，也被称为是一周。期中考试临近，孩子们的情绪或多或少都会受到影响。当然，也有没心没肺的孩子，成天傻乐呵。跟在别人屁股后面做一个小虫子。其实，人家未必愿意跟你玩，真的。但是为什么还带着你呢？一是因为你愿意跟着，另一个，就是因为有你的存在，才能显示出他们的优势。你就是一个陪衬，懂吗？我这样说话，显得比较刻薄，但事实何尝又不是如此呢？自以为是，沾沾自喜，自己还觉得自己挺像样的，其实不然。

  我每每说你，如果是大面积地说，你会不以为然，如果是一对一地说，你觉得我烦。那我怎么办？我是一个班主任，干的就是这个活。我承认我不可能改变每一个学生，但我从内心讲不愿意放弃每一个学生。毕竟才高一，一切才刚刚开始，现在就谈放弃，是不是为时尚早？但也请你，真的是请你，不要把不良的情绪挂在脸上，因为那是一种令人讨厌的表情。你越是这样，我们之间的距离就会越来越远，远到我够不着你，那就只能选择放弃了。

  你成不了心态的主人，必然会沦为情绪的奴隶。昨天有孩子跟我交谈，谈到他总是不能静下心来学习，总是会胡思乱想。我问他想什么，他说来说去，无非就是两件事：一是担心自己考不好，二是觉得自己差得太多。我觉得这样的想法都是要不得的。担心的事情，就是还没有发生的事情，如果已经发生了，也就没有必要担心了。既然还没有发生，那又有什么可担心的呢？反过来想，要是万一考好了呢？觉得自己太差，那光靠想又有什么用呢？意识到问题的存在，应该做的是想办法去解决问题，而不是一味地去放大问题。觉得差不要紧，那就更应该静心去学习，而不是放任头脑去胡思乱想。莫让莫须有的事情影响自己，莫让担心真的成为现实。唯一的办法，就是努力去做。

  问题带来情绪，但情绪解决不了问题。就如迟到这件事情，我虽然也在电话中约谈了家长，晓以利害，但孩子如何？还不是继续迟到，找各种理由搪塞，不想学习。可怜天下父母心，可怜班主任瞎操心。你说他，他反驳，你不说他，他依然如故，没有好的时候。自我放任，自我放纵，这不是外力所能改变的。这样的孩子，即便就是成绩再好，也难堪大任。心中无集体，只有他自己。既然你都能置整个班级于不顾，那班集体里又有多少人是很厌恶你呢？大家不说，只是因为碍于面子罢了，你还觉得你是伟大光荣正确呢。

成长的痛苦要远比后悔的痛苦好。你们现在还年轻，年轻人的口头语应该是"我将来……"，我不希望等你们老了再说："想当年我要是……"。每个人都会长大，每个人都希望青春无悔，所以，利用这个假期，想想自己到底要的是什么，怎么才能达到自己的目标。而不是白了少年头，空悲切。

这篇日志似乎有些沉重了。说点开心的事吧。胡佳辰，真是个好孩子，平时文静，在班级我几乎从来没见过她说话，总是一门心思地埋头学习。那天报名美术比赛，其实她一开始是没有报名的，但后来上交了作品，交的那天我还没有看到，今天路过展板的位置，我看到孩子获奖了！二等奖。我不懂绘画，但是我真心觉得画得不错。校园的一角，在她的笔下，栩栩如生。班级的位置，从窗户望去，就是这幅景象，我天天在教室坐着，看着窗外的风景。我美丽的八中，我可爱的学生，浑然一体。班级还有一名同学李晶也参加了比赛，我没有看到作品，听说一等奖拿去裱了，不知道在不在其中。

假期到了，愉快地过吧。再回来，就是紧张的期中考试了。假期，你所欲也；期中考试的好成绩，亦你所欲也，二者不可得兼，何如？

你们是我的小呀小苹果之开学第十周

（下学期）2015-5-8

　　这一周，那么快。两天的期中考试，让这一周显得与众不同。考前紧张复习，考中紧张答卷，考后紧张中等待成绩。我向来是对成绩不那么在意的，因为我担心我一旦在意了，就会拿成绩去衡量班级的学生，这样对学生是不公平的。我向来是对人品的在意要高于对成绩的，这也是为什么在考前教育讲话的时候我反复去强调作弊是不可取的，真实诚信才是最重要的。宁可不及格，不能没人格，考试嘛，就是检验自己平时之所学。如果真的认真学了，那考试有什么可怕的？如果没有认真学，那考不好又有什么可怕的？总之，以平常心去对待考试，自然也就能正常发挥水平，取得本应该取得的成绩。如果心态再好一点，超常发挥一下，那么成绩还要更好一些。

　　知道为什么做，比知道怎么做重要得多。考试是为了什么？大约也就是我上面说的那些了。为什么我们要好好学习？大约每个人的答案都不一样。但前提是你是否认识到原因了呢？如果你认识到原因，那么这个比你知道怎么去学习显得更为重要一些。你知道怎么学，但是你却不知道为什么要学习，那就有点可怕了，因为你没有目标，没有方向，随时都可能会放弃你正在从事的学业。

　　这么说有点危言耸听？不，我觉得不是。你总说未来还很遥远。其实不是，遥不可及的，并非是十年之后，而是今天之前。想想昨天你都做了什么，想想过去的日子你都是如何度过的。那些遥不可及的过去，才决定了我们今天的所有和明天的一切。所以，当你拿到期中考试成绩的时候，仅仅抱怨是没有用的，当然，我也反对仅仅沾沾自喜，更反对那种庆幸般的心态。我是一个相信一分耕耘一分收获的人，正如我给你们的班主任寄语中说的那样：不是每一次努力都会有收获，但是每一次收获都需要努力。现在坚持做，你会觉得每天都会很辛苦，可是，三年之后你会觉得越来越轻松；现在不去坚持做，你会觉得每天都很轻松惬意，三年后你会觉得越来越辛苦。

　　人生就是这样，错过了就再也回不来了。有些事，现在不做，以后再也不会做了。20岁的时候能买到10岁时想要的玩具，可是还有什么意义呢？张爱玲说，出名要趁早。我不想出名，但是做事，宜早不宜迟。笨鸟先飞，过去人们注意的是"笨"，我觉得倒是应该关注"先飞"，连"笨鸟"都知道要先飞，那么聪明的你们，为什么不能抢先一步呢？做现在该做的事情，让青春无悔，莫等闲，白了少年头。

你的努力，不是为了别人，而是为了自己，为自己的未来而努力，就是你坚持的理由。我不想听豪言壮语，也不想再一次让你们树立那毫无意义的目标。为自己，不是为他人，为未来，不是为过去。记住：

最短的距离是从手到嘴，最长的距离是从说到做。

你们是我的小呀小苹果之开学第十一周

（下学期）2015-5-15

这一周，期中考试成绩分析，家长会，找每一个孩子谈心，当然还没谈完，忙忙碌碌。老师辛苦，班主任最累。

生活的理想，就是为了理想的生活。理想的生活是什么？钱多事少离家近，位高权重责任轻，这对于教师，完全是不可能的。周一出门，天气尚好，奈何上午天降大雨，延绵不断，到下班时间，也没有停的意思。我没敢先走，因为肯定会有家长在这个时候来电话或者短信询问自己家孩子有没有雨伞等问题。果不其然，我没走就对了，一个接一个的电话，我一一嘱咐询问。还有 QQ 留言等着我回复的呢，我也都帮助沟通联系。但是我最为感谢的，还是王雪晴妈妈，说真的，当所有人都在关心自己的孩子会不会淋雨的时候，只有王雪晴妈妈一直在问我有没有伞，一个劲地要送我回家，或者给我一把伞。我没有答应，是因为放学的那个点，大连的交通是极其拥挤的，加上下雨，就更为困难了。再说也不顺路，绕来绕去，影响了孩子正常的回家，高中的学业压力是很大的。我淋点雨没什么事的。当然，我丝毫没有担心网上热议的"学生给老师打伞"，因为实在是小题大做了。

真的，有两种事应该尽量少干，一是用自己的嘴干扰别人的人生；二是靠别人的脑子思考自己的人生。管住自己的嘴，不要在自习课总是去干扰别人的学习，你可以不学习，但是你不应该去打扰别人，这是一种极其没有礼貌没有家教的表现，对于这样的孩子，我是不能忍的。一经发现，严肃处理。动动自己的脑子，不要总是跟着别人，随大流，发生在别人身上的，那叫故事，发生在你身上，那就是事故了。你也不想想，你每天都跟人家玩，为什么人家那么好，你却已经是班级垫底了。人家说什么，你就信什么。脑子已经到了基本不用的地步。

倘若心中愿意，道路千千条；倘若心中不愿意，理由万万个。学习这事情，说难也难，说容易也容易。班级的刘馨宇是个很好的例子。记得上学期期中考试的时候，她的成绩不理想，在我面前哭哭啼啼，我好一顿安慰。然后出主意，想办法。在此之后，孩子学习进步，成绩突飞猛进，超乎了我的想象。这就是榜样的力量。榜样的力量是无穷的。同理，负面的榜样也会带来无穷的危害。你不想学习，不想改变，理由也多了去了。我能奈你何？我只是个老师，我只能保证每一个愿意跟我一起学习的孩子不掉队。

如果不想动辄就暴露智商，要么多读书，要么少说话。在学校的时间如何利用得好呢？那就是少说话、多读书。不是不让你说话，该说的时候说，不该说的时候，闭上嘴。该说的时候，也要经过思考再说，不要脱口而出，除了引来阵阵笑声，还能有什么收获？多读书。古人云：书读百遍，其义自现。为什么总是做错题？为什么总是在不该丢分的地方丢分？审题为什么总是会有偏颇？因为在平时就是如此，不认真读，看个大概，就开始做，做到半截做不下去了，回头再看，发现少看了一个条件，或者是把逆向选择的题目看成了正向选择，总之就是不细心不认真。这种失分尤为可怕，因为它会严重挫伤你的自信心，把你本来应知应会的知识变成了处处是陷阱，本来就蜿蜒曲折的小路，现在成了坑坑洼洼。

为自己修一条好路吧！如果你知道去哪，全世界都会为你让路。

你们是我的小呀小苹果之开学第十二周

（下学期）2015-5-22

夏满芒夏，二暑相连。真不忍去想以后的日子，因为过得太快。这一周，不如"周"朝能挺八百年，不如地球公转一"周"，这一周只有五天，朝夕相处，也不过是55个小时而已。一想到此，我便会惜时，便会坚韧，便会创新。花开堪折直须折，莫待无花空折枝。我把每一天都当作是最后一天，尽可能地多跟他们在一起，尽可能地多找一些孩子谈谈心，尽可能地……

这一周，高三的成人仪式让高一的孩子也备受教育。这一周，语文和物理的统练均有所改观，语文不再是传统强者的一统天下，物理则在整个年级都处于领先的状态。这一周，早自习的利用充分有效。这一周，炎热中有董兴喆送来的丝丝凉意。这一周，紧张的学习之余有于华宇和王钰参加校园歌手大赛。这一周，我已经完成了一半孩子的谈话。这一周，专门针对孩子生涯指导的短片也开始播放。一周虽短，但我们的脚步却不曾停下来。

不要去等明天，也不要去相信永远，你所能做的，只是眼前。是的，明天在哪里？永远有多远？与其去相信这些不确定的因素，不如我们从今天做起，从眼前着手。今天我想做什么？是选择多做几个习题，多背几个单词，还是选择多打一会篮球，多说几句闲话？这样的问题其实不需要思考，谁都会选择后者，但一旦选择了后者，那我们是不是就放弃了我们最初的梦想，是不是就离我们的目标越来越远呢？莫忘初心，莫忘我们当初是为何而上路。

改变，永远不嫌晚。只要立定目标，一步一步往前走，人生随时都有翻盘的可能性。或许你会说，我之前已经做出了错误的选择，想要改变来不及了。其实不然，记得《圣经》里有个故事，上帝招呼大家第二天早上去锄地，第二天大家有五点就去的，也有六点去的，更有甚者八九点钟才去。等到活干完了，上帝给了每人一个金币。去得早的人不理解，说我比他们要早很多，为什么报酬都是一样的？上帝说，只要能来，就说明这个人都有一颗愿意劳动的心。可见，只要你愿改变，一步一步向前，哪怕起步比别人晚一些也没有关系，那么，"上帝"也相信你会改变，而且愿意帮助你变得更好。

没有人计划失败，而是失败于没有计划。当你决定开始改变的时候，不妨给自己制定一个详细的计划，磨刀不误砍柴工，不要觉得制定计划会浪费时间。我的建议是，计划可以具体到天，也可以具体到周，但最好不要以月为单位。间隔的时间短一些，这样我们可以随时考核是否实现了计划，也便于我们随时根据实际情况进行修正。当然，在制定好眼前的计划的时候，也要有一个长远的目标。长期目标是"仰望星空"，短期目标是"脚踏实地"。制定计划的时候，要注意自己的计划一定要跟学校的教学相关，而不是相背离。开家长会的时候，有家长说自己的孩子在外面如何如何学习，但是成绩却下滑了。我仔细询问之后，发现她在外面的学习和学校的学习根本就是两张皮，这样的学习，如果没有其他目的的话，不学也罢。

也许你做的事情看不到成果，但是不要害怕，你不是没有成长，而是在扎根。也有同学跟我说，"我已经很努力了，但是成绩还是那个样子，我打算放弃"。对于这样的想法，我都觉得有点急功近利了。学习这样的事情，怎么能学了就很快看出效果呢？学习如同是竹子的生长，一开始你是看不到什么的，但突然之间它长大了，因为它的根很扎实。"你暂时看不到成果"，其实这话本身也有问题。什么是成果？考试成绩吗？我想这只是一个衡量的标准，而不是唯一的标准。你可以想的是，你已经学习了，而且你也确实掌握了不少知识，提高了很多能力，那么，这些总会在日后凸显出来的。你放心，只要功夫到了，自然不会白白浪费的。

把努力当成是你的一种习惯，而不是一时的热血。切记。

你们是我的小呀小苹果之开学第十三周

（下学期）2015-5-29

又是一周，又是一月，这一周过完，5月也就过去了。一晃，开学三月了。

本周，以金默雨等人获得了学校表奖为开始，以史玥莹总结5月获得优胜小组的名单为结束。本周，有紧张的学习，也有很有收获的讲座；同学中有积极参与学校活动的，也有默默为班级服务的。总之，大家都在按部就班，都在正确的轨道上前进。

不会做很多事情并不可怕，可怕的是没有一件事情能做好。就当前而言，你们要做的事情就是学习。如果连这件事情都做不好，那还能指望你们做好什么事情呢？学习是一件不好做的事情，也是一件不容易做得太好的事情。或许很多人已经感受到了学习之苦，所以有所懈怠。我承认，学习不是请客吃饭，不是绘画绣花，不是月下谈情，没有那么的温良恭俭让。学习是个苦差事不假，但我们要学会在苦中作乐。只有真正找到了其中的乐趣，才能在快乐中继续学习。

你现在做的每一件事情，都会在不久的将来产生影响。学习不像其他的事情，做了就马上会看到成效。学习是慢工出细活的，不会因为你今天背了几个单词，明天英语水平就提高了；不会因为你写了几个方程式，明天就成了著名的化学家。学习需要慢慢地积累，慢慢地改变。在不知不觉中，你就会看到自己的提高，然后在某一天，你就会发现，自己跟原来不一样了。我不想说付出一定有回报，但不付出肯定不会有回报。就像蜘蛛，蜘蛛结网不一定能捉到虫子，但是不结网，肯定是没有虫子吃。

所有让你肝肠寸断的痛苦，未来某一天，你都会笑着说起。目前你好像还没有什么不能承受的痛苦，即使有，也不要紧。等你结束了这段经历，到达了理想的彼岸，再回头，你肯定能笑看人生。再回忆起那些做不完的卷子，写不出的题，记不住的单词，配不平的方程式，你都会一笑而过。你或许还会跟别人说：当年我也没怎么学，不知道怎么就考了这么高的分，上了理想的学校。就像昨天听中村修二先生讲座那样，他也不知道自己怎么就获得了诺贝尔奖。

凡不能毁灭我的，必使我强大。学习不会毁灭你，只会使你更强大，因为知识就是力量。我们现在只能学习，不因为什么，只因为我们别无选择。

你们是我的小呀小苹果之开学第十四周

（下学期）2015-6-5

六月第一周，从高三的最后一次升旗仪式开始，到欢送高三结束。高考近了，期末考试也不远了。高三走了，其实你们就已经是高二了，虽然还没有换楼层、换教室，但一拨人的离去，也意味着另一拨人的长大。高中的生活，已经可以说过去了三分之一，因为在两年后的这个时候，你们，也一样会离开。但离开的时候，是信心满满、无怨无悔，还是患得患失，这都取决于你们现在的每一天是如何度过的。

不努力，会很无聊的。你从早上那么早就进入教室，晚上要到6点放学才能回家。长达11个多小时的时间，你不听课，不看书，不写作业。只是看着窗外欣赏八中美景，看着天花板发呆。上课总是最后一个回来，下课总是第一个冲出去，时光在你的身边溜走，你却浑然不觉。甚至于，老师上课讲个有趣的事情，你都会因为走神而跟不上大家开心大笑的节奏。对自己不负责，对小组不关心，对班级不上心，这就是你的状态。

活着，不是靠泪水博得同情，而是靠汗水赢得掌声。大家一开始是觉得你可怜的，后来真是应了那句话，可怜人必有可恨之处。一开始大家对你的关心、照顾，结果换来的是你的无良。想想都很可怕。一个温暖的班集体居然温暖不了你！泪水可以有，但不应该常有。汗水必须有，而且时常都应该如此。唯有此时的流汗，才能换来他日的幸福。人人都想坐享其成，但我们既不是富二代，也不是官二代。我们不为自己去挥汗如雨，又怎么能竞争过那些官二代、富二代呢？想想那些比你牛的人都在努力，你有什么资格不去努力？

前进的道路上有可能会没有目标，但不能少了追求。学校这周安排了一个关于生涯规划的讲座，请了牛瑞老师。我在后面也一直在听，感觉很好。其实人就是这样，有规划的人生和没有规划的人生是天壤之别。在回来的路上跟一个老师聊天，她就感慨自己选择了一个自己不喜欢的职业，但无奈已经到知天命的年纪，要是在她那个时候就有这样的讲座多好。孩子们，你们赶上了好时候，那就应该认真地去规划自己，真的做到知己知彼，然后达到最好的匹配，做一个幸福的人。

看着很简单，其实很难。眼高手低将一事无成。还记得你们入学的时候写的学生发展指导手册吧？那个时候你们意气风发，心目中理想的大学就是清华北大，或者其他的"985"和"211"，但现在呢？你们是否还有勇气认为自己可以？你们是否应该去修改一下自己的目标？能及早地认识到这个问题还好，别等到两年后，有心杀贼，无力回天。

想改变吗？对你们来说，懒惰和不守时是最大的绊脚石。先从改变这两个方面开始吧。

你们是我的小呀小苹果之开学第十五周

（下学期）2015-6-12

一周又一周，周周何其多。我生待下周，万事成蹉跎。

这一周，发放 5 月的优秀小组奖品。这一周，我也有闲情逸致给学生采摘桑葚品尝。这一周，让学生自主复习，我看到了效果和希望。这一周，最后的最后，是最为重要的学籍信息核对，切勿出错。紧张、忙碌、充实、快乐，这些词用来形容我的日常工作，最贴切不过。

有梦想的人，永远在路上。人不能没有梦想，但也不能光做梦，或者光在那里瞎想。要带着梦想上路，要让梦想变成现实，唯有在前进的路上去实现梦想。当梦想变成了现实，那一刻，我们的心都会飞扬，但如果梦想只能是在梦里，梦里花落知多少？如果梦想只是想想而已，那岂不是画饼充饥？肚子还是饿着的，饼还是画着的，没有意义。

塑造自己，过程很疼，但你最终能收获一个更好的自己。不知道你对当下的自己是否满意，不知道你是否心中有一个理想的自己。你们还很年轻，不会觉得这辈子就这样了。既然不满意自己，既然希望成为理想中的自己，那么就趁着年少，好好学习，用知识武装自己，用智慧塑造自己，一旦掌握了知识，那么就会充满力量，一旦变得智慧，就会行为睿智。为了遇到更好的自己，我们应该努力去读书，去学习，而不是计较穿什么漂亮，吃什么爽口。穿衣打扮得漂亮，终归会不属于自己，学习知识之后获得的智慧，会伴随着你的一生。

能干的人，不在情绪上计较，只在做事上认真。无能的人，不在做事上认真，只在情绪上计较。我们是一个班集体，所以性格迥异也是常态。你总是去计较，认为别人的一切都影响了你，那只能说明你是个情绪化的人，太容易被他人左右了。其实想想，跟你一起玩的那些人，哪个不是在认真做事，而只有你是在认真地投入情绪。所以，你就会发现，表面上的你是玩伴，实际上你是被玩。所有的东西都是相对的，不是他们多优秀，而是你衬托得他们很优秀。

生命中曾经有过的所有灿烂，终究都需要寂寞来偿还。你现在每天都很灿烂，但终归有一天你会很寂寞。因为你今天的灿烂换不来你明日的辉煌，当大家都辉煌的时候，你就会很暗淡。你现在每天都很寂寞，你将来一定会为自己赢得更多的灿烂时光。"古来圣贤皆寂寞"，此话不会骗人。只是不知道你，是为了图一时的快乐而放弃将来，还是为了将来而放弃一时的快乐。或许你会觉得寂寞的人很孤独，其实这是两个概念，孤独是你不想理别人，寂寞则是反之。

聪明的人会说，精明的人会听，高明的人会问。

你是哪样？对号入座吧。

你们是我的小呀小苹果之开学第十六周

（下学期）2015-6-19

又是一周，端午，夏至，然后期末就近了。班级目前最大的问题，就是伤病。几乎天天都有人请假，即便是不请假的，也是病恹恹地在坚持着。看着难受，不看着，更难受。从来没有感觉如此累的一周。统练成绩不理想，足球联赛输球，自己的腰也不争气，总是隐隐作痛。或许是真的累了，该歇歇了。假日在前，未来何处？

你唯一能把握的是，努力过后的问心无愧。是的，我们也不知道未来在哪里。日子一天一天地过，仿佛都是在重复着，没有新意，也看不到什么希望。但我们还必须努力，因为只有我们努力了，才能无怨无悔。我突然想起了我的一个好朋友——素文。我们的关系很好，我记得那年高二会考结束了，我们在学校的操场上偶遇，聊天。她说我高中颓废了，一点都不像初中那么优秀。我说我已经尽力了。她说：你真的尽力了吗？她对我说这句话的时候，是1998年，现在是2015年，17年的时间过去了，我依然记得这句话。当年如果不是这句话，我可能早就放弃了。但真的是因为有这句话，我又坚持了下来，考了一个不错的大学，学了自己喜欢的专业，从事着自己喜欢的工作。现在敲打着这些文字，还是由衷地感谢素文。

把时间和精力放在该做的事情上。一个老师，该做的事情就是好好备课上课，一个学生，该做的事情就是好好学习，认真完成作业。时间有限，精力也有限，你把时间浪费在学习以外的事情上，那么学习时间自然就少了，学习也会觉得无趣，自然就会无精打采。上课睡觉，下课疯闹，自习课东张西望，这样怎么会有好的成绩呢？

没有人可以回到过去，但谁都可以从现在开始。已经过去的那些日子，我们不用刻意去计较，但接下来的这些日子，我们真的该努力。从现在开始，让自己真的用一种努力的态度去对待每一件事情，去对待每一个科目，去对待每一节课，每一张卷子。周三跟一个家长聊天，我谈了我的看法，家长也很认同。其实看着家长的无助，我是很想努力帮忙的，但我知道，我能力有限，水平一般，一次或者几次谈话，也未必能解决什么问题。更多的，是宽心，是心理的疏导。这对孩子，对家长，其实都是一样的。任老师就是一个普通高中的普通老师，不要对我期望太高了。我能告诉你的，就是，从现在开始。谁都可以从现在开始，但不是谁都能坚持下来。

即使每一步都走得很慢，也不能退缩。学习如逆水行舟，不进则退。但学习也如同散步，会慢慢地到达目的地。我们不怕慢，就怕站，更怕的是退缩。学习不是一件容易的事情，但真的不该有畏难的情绪，除非你能彻底放弃不学了。好像据我所知，目前没有人能放弃学习。就算是你真的现在放弃，你将来步入社会，也还得学习。学习是个终身的事情，是个早晚的事情。你慢慢来，我可以等你，但你放弃了，我不会等你，但将来你步入社会之后，会有一个地方，让你继续不得不学习。那个时候，你会如何回忆起我说的这些话呢？

不要担心别人会做得比你好，你只需要每天做得比前一天好就可以了，成长，是一场和自己的比赛。

你们是我的小呀小苹果之开学第十七周

（下学期）2015-6-26

端午过后，期末临近。空气中弥漫着什么味道？是小长假留下的雄黄酒，还是期末来临前的肃杀？我不得而知，班级还是那个班级，人还是那些人。

没有人会关心你付出多少努力，撑得累不累，摔得痛不痛，他们只会看你最后站在什么位置，然后羡慕或者鄙夷。是的，我说的也许有点残酷，但事实就是如此。这一周，出分，报志愿，很多高三的事情都在高一高二中间流传。本校的信息，外校的信息，亦真亦假。江湖的传言，可以信之，也可以不信，但最后的结果大约不会错。你看到了别人的花团锦簇，羡慕是免不了的，但如果你不改变目前的状态，你也只有羡慕的份，等到两年之后的今天，你就是被鄙视的对象。那些原来在你身边陪你说笑、玩耍，一起逛超市，一起自习课讲话，一起抄作业的人，这个时候，都会远离你而去，因为，强者自然成堆，弱者会被抛弃。不要觉得你们一起吃过一个汉堡，喝过一瓶饮料，你们就是很好的哥们儿。如果你不能和人家一起有一个好的成绩，一切，只不过是浮云。

如果你有梦想，就一定要捍卫它。你的梦想是什么？你是否还记得你为了考上一个好的高中而发愤图强，但一年过去了，你又如何？你以为你在八中就很保险了吗？八中91%的一本率也不是囊括了所有人在内，而你如果不努力，就必定是9%中的一个。以终为始，莫忘初心。

对的事情坚持做，就会成功！成功等于努力加坚持。能在八中，大家都不会太差（个别人除外），但现在体现出的差距，已经超过了你们入校的时候的差距。问题何在？因为别人一直在努力坚持，你一直在努力放弃。别人一直在坚持努力，你一直在放弃努力。

你要努力，你想要的，只能你自己给，别人给的，你要问问自己，拿得起吗？

你们是我的小呀小苹果之开学第十八周

（下学期）2015-7-3

一周，在平淡中度过。其实，我还是比较喜欢这样的生活的，学习本来就应该是静水流深的，天天轰轰烈烈，哪有那么多激情燃烧的岁月啊。

静水流深，不是随波逐流。因为，混下去很容易，混上去太难了。想想自己这近一年来的经历，你就会发现，当你随波逐流的时候，你会过得很开心，因为既没有学习的压力，也没有作业的压力，很快你就和他们沆瀣一气了。而当你觉察到这一景象，想要重塑自己的形象，想要重振当年雄风的时候，自己已经落下太多。

你惧怕一件事，可是还要去做，那才是勇敢。上面我说到，你这个时候或许已经是惧怕学习了，但你就此放弃的结果就是浑浑噩噩过三年。但如果你还能摈弃之前的陋习，静下心来去学习，那么你就是勇者。是的，冰冻三尺非一日之寒，事情都是这样一步一步来的，你若改好，便是晴天。希望你，希望你们，在学习上都能做一个勇敢的人，进而成为一个成功的人。

要放弃很容易，用勇气坚持下去，才是最困难的。你刚返回到正确的轨道上来，会有些许的不适应，你会觉得别扭，你会觉得束缚太多而舒服太少。这个时候你还是会有放弃的心的，此时此刻，最为重要的，就是坚持了。要用自己的勇敢去战胜退缩，要让你自己知道，坚持下去，会看到希望。最困难的时候，其实就是离成功不远了。

你或许会问我，什么是成功？成功的定义你应该也看了很多了，但我认为，成功的定义只有一个，那就是对结果负责。今天你们经历着别人的毕业典礼，两年之后你们会经历自己的毕业典礼。毕业典礼，是个高兴的事情，因为我们三年的努力，因为我们高考的胜利，因为我们报考的顺利，因为我们录取的吉利。但这是对大多数而言的，但如果具体到每一个人，情况可能会是不同的。在两年之后的今天，典礼对你来说，是什么心情，完全取决于你自己。这就是对结果负责。

要自己努力，要自己动起来，要自己知道学习，知道着急。如果你总是靠别人的鼓励才能发光，那么，你最多算个灯泡。

你们是我的小呀小苹果之开学第十九周

（下学期）2015-7-10

这是最后的一个教学周。从下周开始，就进入了考试周，然后就是期末的总结，分班，放暑假。一切都是按照既定的步调一步一前行。光阴似箭，岁月如梭，转眼高一就会结束，高二就会开始。这一周评选出了5、6、7组为6月的优秀小组，这也是最后一次评选优秀小组了。这一周把一些琐碎但又不得不做的事情都安排妥当，这估计也是我最后一次给他们布置相关的事宜了。这一周遇到了很多奇葩，不过估计也是最后一次了。这一周班级很多孩子获奖，孙宇的陶艺，刘思骅的朗诵，胡佳辰的绘画，李晶的美术。这一周小暑节气，我会买雪糕给小苹果们消暑解渴。有喜就会有忧，而我能做的，就是不以物喜，不以己悲。

我有梦想，会为了它奔跑、奋斗，直到成为连我自己都佩服的人。梦想这个东西，其实每个人都有，只是有人把它当做梦，停留在想，忘记了自己应该去追逐。人只要去努力，是可以把梦想变成理想，把理想变成现实的。但如果反之呢？当若干年之后，别人如此之时，你会怎么说？你或许会说：想当年我也曾经有过梦想，后来，因为……，我……。语无伦次是一定的了，世界上最无法得到的就是后悔药。

眼睛只能看到当下，眼光才能看到未来。每个人都有眼睛，但未必每个人都有眼光。眼睛可以近视，眼光必须远视。眼睛可以扑朔迷离，眼光必须炯炯有神。用眼睛看世界，你不至于迷路；用眼光看世间，你才不会迷茫。高一一年，你是在用眼睛，还是用眼光，我想，你应该比我要清楚许多。

这个世界并不在乎你的自尊，只在乎你做出来的成绩，然后再去强调你的感受。残酷吧？是的，我也觉得残酷，但是又有什么办法呢？考试看成绩排名，评优需要成绩优先，自主招生先看学校排名，等等，不一而足，你是不是感觉很不好？是的，我也感觉不好，那又如何？我改变不了游戏规则，你也改变不了，唯一能做的，就是在现有的规则下，努力地去学习，努力地提高自己，努力地让自己变得更强大，到那个时候，你的感受就是最大的感受。

人生就是一万米长跑，如果有人非议你，那你就要跑得快一点，这样，那些声音就会在你的身后，你就再也听不见了。想象过这样的感觉吗？想去成为这样的人吗？

那就快跑，让那些说你的人闭嘴很难，但是想不听那些人说话却很容易，我们不能让别人闭嘴，但我们可以远离那些人。会当凌绝顶，一览众山小。山登绝顶我为峰，当你能够俯视他人，当你能够两耳清净的时候，你，就成功了。不要觉得这一切不可能，不要觉得你的命运就是这样了。哪有什么命运不公，都是懒惰让你变得无能。

你们是我的小呀小苹果之开学第二十周

（下学期）2015-7-17

这一周，考试周。在两天最后的上课之后，迎来了两天的期末考试。到我写日志的时候，一切都已经尘埃落定，是喜是忧暂且不表。让孩子们过一个快乐的假期是最好不过的事情。

因为考试的临近，所以这周孩子们的学习状态还是不错的。临阵磨枪，不快也光。但是我也发现了其中个别孩子还是在装着学习，仿佛学习这件事情就是做样子、花架子。要知道，打拼、上进，不是为了做给别人看，是为了不辜负此生。你假装学习，但考试是玩真的啊。

认真本身就是一种素质，人要有所作为，就必须具备这种素质。考试本身就是一件很严肃很认真的事，来不得半点虚假。所以面对考试，或者面对平日的学习，都应该认真去对待，你糊弄学习，成绩自然就会糊弄你。所以，我看到了个别学生多个学科的成绩加起来还不如人家一科成绩分数多的情况，我都感觉这样学下去没啥意思了。而这一切的结果，都是由于你不具备认真这种素质，当然，我这么说本身也不够认真，除了学习之外，其他事你挺认真的。

过好每一天，就是过好这一生。反之，虚度每一天，就是虚度这一生。一年的时间说长也长，说短也短，等下周回来，高一就彻底结束了。今天给你们布置的任务是写个人总结，不知道你们会如何总结自己高一的生活、学习及其他别的方面。是觉得自己过得很好很快乐，还是很愁很郁闷，或者干脆就是没心没肺地过着，也无所谓了？但为了不让生活留下遗憾和后悔，我们应该抓住一切改变生活的机会。你或许认为高一就这么样了，等到高二再开始好好学习。但你想过没有，松懈了一年的你，还能不能紧张起来？很担心你高二的时候想法和高一一样，想等到高三再开始。高考不是小学的加减乘除，不是你稍微学一下就能考上好大学那么简单。

时间不经意间流逝，但现在的努力都是为了将来毫不费力。

再见，小苹果

2015-7-24

是到了说再见的时候了，最后一周结束了，最后一次给他们上课，最后一次给他们做试卷分析，最后一次看他们做操，最后一次开他们的玩笑，最后一次说再见。一切来得那么安详，一切来得那么顺其自然，一切都结束了。

这一周，我几乎没有一晚上是睡好觉的，半夜醒来之后索性就不再去睡，静静地躺在那里，回忆这一年的一幕一幕，8月4号，8月25号，9月1号，……我几乎能记住每一个细节，也几乎能想起自己每一天在不同场合说的不同的话，我怀疑我疯了，如此精细的记忆，这还是一个正常的脑子吗？

没有办法，这就是我的工作，进而是工作带来的职业病。

其实，从一开始，我就知道结局是什么样子，但总还是心存侥幸和幻想。希望他们能不被拆散，不会散落到各个班级，因为他们，都是我的小苹果。

我师傅他老人家这段时间也一直跟我说，你班成绩那么好，不会被拆的，让我放心。师傅仔细地分析了班级的情况，年级的情况，以他的经验让我一百个放心。但理想还是抵不过现实，美好还是无法战胜残酷。直到下午我离开班级遇到师傅的时候，师傅还说，你班没被拆吧。我无语。

好了，伤感的话不说了，煽情本来也不是我的长项。

但是我却把他们都弄哭了，当然也包括我自己。我本以为，我有前面的成绩分析做铺垫，我能克制自己的情感，但我没做到。当音乐响起，当图片展示，当我目不转睛地看完这些图片，我再也忍不住，我拉开门冲了出去，是的，我失态了。

在水房冷静了片刻，自觉可以控制得很好了，转身回到教室，还是哽咽，还是泪如泉涌，还是心里隐隐作痛，但最后的话还是要说的，泣不成声地叮嘱，也不知道说的对还是不对，语无伦次的话语，自己都不知道在说些什么了。就这样，我们下课，放学，最后一次在下午放学的时候跟他们说再见。

我坐在我坐了一年的那个位置上，脑子是空白，眼神是空洞，我知道我很难在短时间内满血复活。我甚至不记得第一个跟我拥抱的是谁，我看着周静怡一边泪流，一边把黑板擦得那么干净，我真的很难受；看着于华宇一边流泪一边完成着最后的值日，我真心难受。但我只能选择走路，我只能选择不回头，陈雪最后哭泣着在身后喊着老师，我只能弱弱地安慰，然后提醒注意安全。真的，我很无助，我很无能为力，就是这样。

8月4日，从2014年8月25日到2015年7月24日，差不多是一年的时间，一年里，朝夕相处的时间有200天，上、下学期各100天。心理学上说，一个人对另一个人的好感只有四个月，超过四个月，那就是爱了。

我爱你们，每一个亲爱的小苹果。

最后的最后，还是让我用那首歌来结束吧。

> 在你的身边
> 我用情太专
> 在你的背后
> 我目光流连
> 往日的温情
> 有些不胜寒
> 痴迷的心中
> 还是很情愿
> 风花雪月
> 是不是从前
> 海誓山盟会不会
> 改变
> 在你的身旁
> 我用情太专
> 在你的背后
> 我目光流连
> 往日的温情
> 有些不胜寒
> 痴迷的心中
> 还是很情愿
> 风花雪月
> 是不是从前
> 海誓山盟会不会
> 改变

相见多年相伴多年

一天天一天天

相识昨天相约明天一年年一年年

你永远是我注视的容颜

我的世界为你留住春天

相见多年相伴多年一天天一天天

相识昨天相约明天一年年一年年

你永远是我投入的情感

因为有爱

所以无悔无怨

文史杂记（一）

2015-7-24

分手总是在雨天，这样的天气，真是配合分班的日子，谁说下雨天和德芙很配，其实分手和下雨天才是绝配。早上依旧是 7 点到班级，然后看着他们最后的身影。细心的蔡天昊带来了相机，班级照了一个大大的合影，最后一张全家福，要笑。

7 点半，带着分班的名单回到班级，宣布最后的结果。一个一个公布，一个一个嘱咐，情绪应该比昨天的告别要好了很多。还是很多孩子哭了，分手，就是这样的结果。金默雨泪眼婆娑，韩烨谦失声痛哭。我还是要坚强，或者假装坚强。

新班级，高二（11）班。我转换角色，成为了文科班班主任。47 张面孔，近半陌生，我仿佛又回到了去年的 8 月 4 日，是的，那个时候，我也是这样的感觉。简单说了些要求，简单嘱咐了几句，然后是自我介绍。一帮宅男宅女，不对，是一帮宅女加几个宅男。

文科班就是这样的，女多男少。如果不出意外，我将会跟他们一起，度过未来两年的高中生活。从原来的陌生人到彼此熟悉，从过去的走廊路人到今天的同一个教室，同一个梦想。就是这样，简单，但却需要百倍努力。

把全部学生都放走，然后是开家长会。先是熟悉的家长，本来准备了很多很多，但留给我自己的，5 分钟而已，说明孩子的去向，回答家长的询问。几近失态，还好。到新班级，面对陌生的家长，介绍对他们来说同样陌生的我，树立信心，然后提出要求，寻求家长的配合。

就是这样，简单，但却需要按部就班。

分手总是在雨天，我告别了高一（2）班。

风雨过后是彩虹，我迎来了高二（11）班。

再见，小苹果们。

文史杂记（二）

2015-7-28

分班保守秘密至此，也算是奇葩吧。且不说其中的多次变化，就算是我已经确定为文科班班主任，我也是光杆司令一个，都不知道科任配置是什么。好在还有最后的回忆，尽管很快，我还是听全了科任的配置情况，现记录如下：

语文：韩宏慧

中学高级教师，1995年毕业于东北师范大学，2001年获辽师大教育硕士学位。局级骨干教师，沙河口区师德标兵。"创新写作教学研究与实验"课题优秀实验教师。2007年所带班级被评为"大连市三好班级"，所教学生成绩优秀，任实验教学工作，成绩突出。多篇论文获国家、省、市级奖项，曾参编过成语字典和多本教材资料。

数学：王爱玲

中学高级教师，1998年毕业于辽宁师范大学。曾获市骨干教师，大连市优秀班主任，区级优秀教师，大连市教育局优秀共产党员称号，多次在省、市级教学公开课大赛中获特等奖、一等奖。多年从事班主任工作，所带的班级有两个班级被评为大连市三好班级。有较丰富的教育、教学经验，成绩突出。

外语：李颖

中学高级教师，教育硕士。1998年大学毕业以来一直工作在教学一线。担任班主任工作，深受学生喜爱。曾多年任教于高三毕业班，教学成绩优异。指导的学生曾在国家、省、市级竞赛中获奖。在国家、省、市级刊物上发表过多篇论文，并参与编写过多本教学参考书。

政治：张玉玲

中学高级教师，1996年毕业于东北师范大学，2004年获得辽宁师范大学教育硕士学位。多年担任高三政治课教学工作，成绩突出。在省、市、校各级评优课或观摩课评比中多次获奖。多篇教育教学论文发表在国家、省市级核心期刊上，多篇论文获奖。出版了政治学科的校本教材。担任班主任工作，荣获校"三好班级"称号。2007年被评为沙河口区优秀教师。2010年被评为大连市骨干教师。

历史：任俊琴

2003 年毕业于陕西师范大学，中学高级教师。先后在《中学历史教学参考》《历史学习》《中学历史教学》《中学政史地》《高中历史》《考试报》《升学指导报》《当代中学生报》等报纸杂志发表文章近百篇，主编、参编教辅资料数本，撰写论文曾多次获得大连市历史教育年会一等奖，2008 年获大连市历史优质课评比一等奖。多次参加大连市教育学院组织的大连市高三年级双基、一模、二模的命题工作。2015 年参加辽宁省普通高中学业水平考试命题。教学成绩优异，深受学生欢迎。

地理：刘妍华

中学高级教师，2001 年毕业于北京师范大学资源与环境科学系专业，理学学士，大连市地理教育协会会员。从事班主任工作，深受学生及家长欢迎。多次获各级教育教学课题研究和竞赛奖项。

班级科任特点：

一、全部为高级教师。

二、全部为高三资深教师。

三、全部为教学经验丰富教师。

文史杂记（三）

2015-9-3

召集，开学典礼，上课，上课，然后就是休息三天。可以说开学第一周过得稀碎。但没有办法，正好赶上了抗战胜利日。人活七十古来稀，有生之年，能赶上这样的放假，也是幸事。

召集日那天，除了一名学生请假之外，其余的孩子都来了。分小组，安排班委会成员，分配值日任务，分发书籍。尽管大家不是很熟悉，但干活都很卖力气，清扫无死角，搬书不偷懒。这里尤其想说说陈彦霏，作为卫生委员，想得就是周到，想到总会有人不带抹布的，所以提前买好了抹布。在整个大清扫过程中，责任心也极强，对班级的热爱，落实到行动上。

开学典礼，除了一名学生因感冒没来之外，其余的学生都来了。无论是在操场之上，还是教室之内，孩子们的表现还尚可。大型集会的要求，我没有过多地强调，但他们都算执行得到位。毕竟已是高二，不是刚入学的时候。如果说我有什么不满意的地方的话，那就是个别人不带马扎这个问题了——遭罪的是自己啊，孩子。

9月1日，开学，上课。按照我对到校时间的要求，除了一名同学因为压车之外，其余的孩子都来了。负责值日的小组把教室收拾得干净整齐。下午的主题班会是新班委会成员的第一次亮相，略显准备不足，但也算完成任务了。从课堂的效果看，班级学生的确存在水平参差不齐的状况，强者强，弱者弱。我也和班级的男生分别一一谈了话，了解了情况。应该说，目前我没有发现太多的问题，但这并不等于不存在问题。

这一天，也是我这么多年来第一次把作业带回家去批改，认真核对每一句话，通过批改作业，我再次验证了我的判断。这样的班级，进行教学就需要点艺术了，否则后果不堪设想。推着优等生让他们考出水平，拽着学困生让他们发生奇迹。高中老师，应该让不可能变成可能，让可能变成一定。

高二是分水岭，是承上启下的一年。这一年，学生们学业加重，几乎所有的新课要在这一年结束，因此高二的学习质量直接影响高三的复习，进而影响高考的成绩，高二的重要性不言而喻。

然而，高二学生没有了高一时的雄心壮志，也没有面临高考的紧迫感，学习热情渐渐淡去，表现出了倦怠，加上课外活动多，进入不了学习状态。这样就会导致学生在学习上出现两极分化，并且日益明显。

所以，班会上我的那番话，是希望他们能听进去，能有所触动的。还是再在下面写一下吧：

悟空是取经路上碰到的，八戒是取经路上碰到的，沙和尚是取经路上碰到的，白龙马也是，所以要碰到可与你一路同行的人，你必须先上路！为目标而坚定前行时，帮手才会出现；左右为难时，贵人才会出现！决定上路时总是一个人，但走着走着就出现了团队！切记：不忘初心，方得始终！

努力不是为了感动自己，也不是为了感动别人，努力是因为我们都是一个个普通的平凡人。人生最难做到也最有意义的是，当你认识到自己是一个平凡人的时候，还能去努力做好一个平凡人。

文史杂记（四）

2015-9-11

　　小长假之后，是六天的加长周学习。该休息的日子，就好好休息，但本质上上课的日子一天也少不了的。这或许就是庄子说的"齐物"吧。

　　这一周我的主打任务还是跟学生谈话，跟每一个学生谈话。终于，我真的就跟每一个孩子都谈了一遍。文科班和理科班的不同在于，理科班班主任只需要跟几个孩子谈就可以了解班级的整体情况，而文科班班主任则需要跟全部的孩子谈一遍才能达到同样的效果。谈完之后，收获也是很多的，大部分孩子的数学成绩不算理想，这是文科班需要解决的问题。大部分孩子想象中的文科和实际面对的文科有差距，这就需要调整。对孩子的了解是下一步工作开展的前提。

　　这次的谈话，于我而言，最大的收获莫过于家长的肯定。无论是郑赫文妈妈在电话中对我的肯定，还是昨天在公交车上偶遇田长丰妈妈的几句简短的交流，对我都是莫大的鼓舞。如果说高一的班级我已经证明了自己的工作能力，那么新的班级在短期之内能得到家长对我工作的肯定，至少对接下来的诸多事情都会相对比较顺利。其实，家长还算是给面子，基本上我在分班之后第一次家长会上的要求都能逐一去落实了。当然，执行力的差别是有的，这个我也承认。

　　到今天为止，班级的值日工作算是进行了一轮。无论是从时间上还是质量上来讲，都还可以。昨天的第八组略微有些不足，需要加强一下。为此已经被我的徒弟徐钰婷批评了。是故弟子不必不如师，师不必贤于弟子。

　　早到校与早自习这一周做得挺好的。无论是数学的小考，还是语文的晨练，都进行得不错。这两个语文课代表范晓艺和陈凯迪都是认真的孩子，即便是老师没有布置任务，也知道把本该属于语文的时间占着，充分发挥了自己的主观能动性。别的课代表要加油哦。早到校中就史玥莹一人迟到。对于迟到，我采取的是让孩子进行文科相关的背诵，她做得也不错，只是，真的不要再迟到了。

　　课堂目前来说大家的积极性还是不错的，各科老师都反映精神状态不错，作业的完成情况数量良好，质量需要提高。闻道有先后，部分孩子已经很快适应了文科班学习的节奏，个别孩子则需要尽快去适应。班级目前的老大难是体育生，尽管他们或许未来的出路会很好，但如果以目前的状态看，我不敢保证。

在经历了开学迎新班会和主题团会之后，教师节的班会班委会成员算是可以很好地掌控班会了。需要他们进步，也欣喜地看到了他们的进步。班委会成员和一般的孩子不一样，需要有担当，需要肯付出，需要牺牲一些自己的时间来为班级服务。就目前而言，我看到他们都很尽职尽责。我相信班级的同学也看在眼里，会用自己的选票选出自己心目中最理想的班干部的。

文史杂记（五）

2015-9-18

这一周过得飞快，九月却很漫长。我没有职业倦怠，疲惫感却油然而生。

总体上感觉目前班级是很不错的，无论是哪一个方面，都可以用"典范"二字去形容。学生表现不错，无论在班级是否负责某项事务，总是能尽职尽心尽责；课任老师以身作则，数学的及时批改反馈，政治的早上小考亲自上阵，都会让学生觉得，老师对他们视如己出，不抛弃，不放弃。教学本来就是相互促进的一个过程，学生和老师都做到位了，是可以相互刺激的。

早上 7 点到 7 点 25 这段时间，俨然成了大家都在"抢"的黄金时间。周一是例行晨会，似乎没办法抢，但我也会借助自己是第一课而稍微早那么一点点上课。周二周三是固定的外语和语文，课代表更是早早地严阵以待，多练一秒是一秒。这些还都算正常的，更为甚者，周五早上这个时间，居然会出现被一科占据之后，另一科的课代表打算考完之后接着考的现象。今天若不是意外，一晨两考的局面就出现了。

对于小考，我也在做。但是我尽可能给课任创造方便，不占用早上的黄金时间。除此之外，我还协助课任批改，协助课任对小考不合格的进行补考，协助课任合理有效地抢占时间。至于我自己的小考，那自然是要有物质刺激的。每次满分的孩子们我都会给小奖励，宋德宇、谷俞辰、石书宇、许志豪、于家琪、范晓艺、张于婷，你们应该都吃到了吧。不用感谢我，应该感谢送我巧克力的人，我只是借花献佛而已。不过话说回来，你们要是正确率提高了，我的巧克力好像就不够了。但是我还是真心希望你们有更多的人能吃到。

惜时如此，坚韧亦然。如果你想伟大，只能用平凡来堆积。刚开学时，我在完成了和学生的一一对话之后，发现大家的数学成绩普遍不算理想。但如今，在数学老师的教导之下，班级的数学已经是起色不少。数学，文科生花多少时间在上面都不算多。所以我反复要求和提倡，先完成数学作业，数学作业可以提前收，两周要考一次数学。

班级就一点问题都没有？不是的，我想是有的。有的是还没发生我就控制了，有的是刚刚露头我就打击了，有的是我采取小范围的办法解决了。今天早上的早课我觉得纪律就不如前几天，我也会及时点出问题，让负责的班委成员去处理。自助者天助。

学生努力，老师负责，剩下的就是家长配合了。这周我邀请两个孩子的家长到学校谈谈孩子的具体情况，这也是继我跟学生个别谈话之后要进行的第二步：与部分家长个别约谈。但很可惜的是，只有一名家长接受邀请到校，另一位家长至今也没有跟我联系。之于我，毫无损失；之于孩子，我也会一样对待；之于家长，我也应该收到了相应的信号。家长、孩子、老师，三位一体的教育如果有一方缺位，那我想孩子的教育和成长必然是会受到影响的。

但行好事，莫问前程。

文史杂记（六）

2015-9-25

上一周存在的问题，这一周基本上都杜绝了。这一周新发生的问题，也基本在解决中。生活就是一个问题接着一个问题。你没有能力去解决所有问题，但你必须要努力去解决问题。努力比能力更重要。不求人人都成功，但求人人都进步吧。

如果你今天不努力，明天也不努力，那么你的人生就是在重复。这周开始有统练了，我采取的依旧是之前的办法。不是惩罚，而是督促，不是加重负担，而是加强记忆。文科的东西，有时候就是翻来覆去，就需要有那么点认真的劲儿。地理统练暴露出不少问题，英语统练虽然平均分是年级第一，但英语单词的小考却不理想。平均分可以说明一些问题，但不能说明全部问题。

有结果的努力是锻炼，没结果的努力是磨练。人生需要锻炼，也需要磨练。不要因为没有结果就放弃，百尺竿头，尚需更进一步，何况你现在是在路上，也许看不到路的尽头，也许到尽头之后不过是拐弯之后的新的开始，不管怎样，坚持下去。唯有坚持，只有坚持。

和家长聊天，家家都有本难念的经。每一个家庭都希望自己的子女优秀，希望自己的子女鹤立鸡群。但面对都是鹤的局面，你怎么办？你唯一应该能努力超越的人，就是昨天的自己。今天的你和昨天的你比较，让明天的你不留遗憾。

每个周五的历史课都是欢乐的海洋。这周也不例外。"中国古代思想、艺术和科技知识大比拼"让大家在另类的方式下去学习历史，去认真翻书，去记住那些原来不太在意的知识。我想，这样的效果应该会不错。这样的课堂，以后还应该继续。优胜的小组自然少不了奖励。中秋将至，给优胜小组每个人一块小小的月饼，自然必不可少。

孩子们，节日快乐。

文史杂记（七）

2015-10-1

二八、二九、三十，这样也算一周结束吧，至少我现在很好地在家里休息。漫长的九月可算是过去了。不容易，这一个月，是我感觉最为漫长的一个月。

高二了，新的班级，孩子们彼此之间也算是熟悉了。加上运动会这一次互相之间的熟悉，班集体算是凝聚力初显。感动于王雪晴忙前忙后的操劳，直到最后大家都散了，她还回到班级的座位做最后的检查；感动于谷俞辰对宣传工作的认真负责，就连中午饭都不去吃，在电脑跟前准备更多更好的宣传稿件；感动于赵情、宋梓放，都是一个项目接着一个项目地参加，不知疲倦；感动于毕泽鑫的带伤上阵，以班级荣誉为重；感动于吴海滨对比赛的执着，认真投入换来回报；感动于陈尔冬的陪跑，自己1500米已经结束，还陪着宋梓放继续前行；感动于4×100米团队的精心准备，所以才天下无敌；感动于毕晓辰的集体荣誉感，为自己的失误自责、哭泣；感动于陈昱茜默默无闻地为大家做摄影服务，136张照片记录运动会全景；感动于许志豪为每个人画的漫画像，栩栩如生；感动于李峥、郑赫雯为班级卫生负责的态度；感动于每一个以11班为荣，为11班尽心尽力的孩子。当然，不止当天，之前侯天娇和许欣然，还有董怡情为班级准备的班牌、条幅，田长丰为班级能获得精神文明奖的叮嘱，常鑫的实心球，虽然我没有亲见，但想必也是无敌的。

是的，这就是高二（11）班。这就是"文能提笔安天下，武能上马定乾坤"的高二（11）班。这就是"气吞万里如虎"的高二（11）班。这就是"两米六五"的"中年网瘾成性"的班主任带领的高二（11）班。

孩子们，我不是最好的，但你们是最好的。为了你们，我必须做得更好。

文史杂记（八）

2015-10-10

这三天，不同于那三天。那三天，是临近放假，是强弩之末。这三天，是放假归来，是新月伊始。回头看，九月已经过去，需要总结自己一月之得失。往前看，期中考试即将临近，需要全力以赴备战，为自己正名。所以，虽然只有三天，但却是承前启后，继往开来。

九月一天不落地跟随，换来的是安静的学习环境，较高的学习效率，以及紧张的学习氛围。是的，这些都是我原本期望的，也是既定目标的完成。只有这样，才能为学习提供良好的服务。当然，流动红旗的获得，也是对孩子们最好的肯定。放眼望去，在红旗成为稀有物种的时候，这种鼓励和肯定尤为珍贵。

鼓励孩子，也可以说是奖励孩子。历史小考要保证它的甜蜜性。今天是开学以来小考发出巧克力最多的一次，我很欣慰。我希望以后会更多，以此为底线，不能突破底线。

鼓励孩子，尤其是鼓励缺少自信的孩子。每一个孩子都有自己的弱点，但自信却不能缺失。不相信自己的人，连努力的资格都没有。只有自己相信自己，别人才会相信你。相信自己，然后努力坚持，坚持努力。对坚持最大的鼓励，不是"你可以"，而是多年以后说一句"还好没放弃"。

无论是跟孩子谈心，还是跟家长聊天，我都喜欢用数据说话，其实也是做有针对性的聊天。真心诚意地对待每一个孩子，每一个家长，不敷衍，不例行公事，我想这是我最起码应该做的。凉白开最解渴，大实话最感人，这就是为什么每次我都会直面问题。

文科学习，必须稳扎稳打，方能步步为赢。如果说有什么捷径，无非也就是在做题上的一些基本技巧和方法。但其实，任何的技巧和方法，都是基于基础知识的牢固。高考是能力立意不假，那么，记忆能力是不是能力的一种呢？

所以，文科生，做一个稳妥的人，不要高估两年内的自己，也不要低估十年后的自己。

文史杂记（九）

2015-10-16

又是一周。这一周又恢复了常态，早上的晨考与晨读都跟上了，统练也恢复了正常。六科统练结束之后，算是一次小小月考的结束。对于这个成绩，我想还是有必要做一点分析的。大致来说，就是三条线，985工程、211工程和普通的一本线。这样算下来，班级虽说都能达标，但也不容乐观。换句话说，就是压一本线，但是也未必能录到一本的学校。

如果做细致的分析，需要针对每个人的情况做出不同的判断。我已经跟一些孩子谈了问题，但限于时间，我没办法跟每个孩子都去谈。所以我特意告诉他们如何分析成绩，并制作了一个分析和总结的表格，希望孩子们能认真对待这个表格，同时也希望家长能跟着孩子一起分析。这样的过程，也可以了解孩子的情况。为了让家长能很好地分析，我也几乎是跟每个家长都通过QQ的方式进行了交流。

但愿我的这些做法能对孩子有所帮助吧！

对于扣分的事情，是同一个事情的再次发生。事不过三，相信以后是不会了，要不然对不起门口的流动红旗了。高二了，我对于流动红旗的期望就是，让它一直在11班的门口飘扬吧，而这，需要我和孩子们一起努力。

文史杂记（十）

2015-10-23

说不好这一周是什么情况。其实孩子们真的很给力，对待每一件事情都很上心。但不怕神一样的对手，就怕猪一样的队友，堡垒还是最容易从内部被打破。

说不好这一周该喜还是该悲。对于创意作业孩子们完成得是那么地好，而我批改那样的作业也是很激动，但这又能怎样？诸多并非是客观的评价，让原本高兴的心情变得有些惊讶，甚至是吃惊。

说不好这一周是度日如年还是光阴似箭，自己忙得晕头转向，倒计时一天天少去。时间如流水般，那就是没抓住时间，如果抓住，时间应该是一寸光阴一寸金的。

其实不是感觉活多作业多，而是感觉时间不够用；其实不是感觉竞争有多么的残酷，而是感觉廉颇老矣；其实不是感觉两排变三排之后如何，而是感觉怎么就 47 个人排个座位如此之难。需要变动，必须变动。

文史杂记（十一）

2015-10-30

爱国主义班会，研究性学习开题报告，伴随着这两件事，一周又结束了。这一周我过得忙碌，也不开心，突然就觉得在班级管理上出现了问题。虽然不是大的问题，但也是问题。或许是连续工作不能休息的原因，我这一周感觉很疲惫、很累。

这是爱玲不在的一周，数学课别人代课，孩子们需要适应新老师的新风格。这是扣分接踵而至的一周，有意识地犯错和无意识地出错，都是一样的结果。这是被谈话的一周，走廊，操场，办公室，到处都是被批评教育的场所，好在我心脏坚强。这是期中考试前的一周，据说很多孩子都睡得很晚，分班后的第一次考试，谁也不想落在人后。

这一周，我见识了孩子们讲课的功底；这一周，我见识了孩子们出题的能力；这一周，我增加了小考的次数，奖励也随之而增加；这一周，我增加了上楼的次数，也发现了不少的问题。

期中考试临近，有人气定神闲，有人急躁。众生之像，芸芸众生。都有开始，但只有勇于开始，才有可能成功。其实每个人都可以，只不过大部分缺少的是毅力。想要无可取代，必须要与众不同。

我不想去预测期中的结果，我只想静静，也不要问我静静是谁，我想的是静静地等待期中的结果。付出与回报，收获与所得，分数与排名，成绩与分析，家长会和学生，一系列的问题都不是问题，或者说生活本身就是一个问题接着一个问题。

静待花开。

文史杂记（十二）

2015-11-6

这一周，期中考试，班委会选举，大事连连。

这一周，部分科目成绩已出，班委会选举结果出炉，几家欢乐几家愁。

这一周，风云突变，瑟瑟秋风今又是，换了人间。

这一周，雨如线珠，天人感应？天人合一？

就目前我掌握的情况来看，期中考试还算是在意料之中，虽说语文成绩还没有最后的结果，但排位基本上算是正常，近乎统练，虽不中，亦不远矣。

当然，考试还是暴露出些许问题。或者说，目前的情况很像是鸭子在河面上游泳，从上面看优哉游哉，从下面看则是两只脚在不停地拍水。

考试是个知识、技术和心态的综合比拼。知识来源于平时的学习积累，一丝一毫的懈怠都会在考试成绩上反映出来；技术来源于老师的点拨，解题技巧用得好，成绩一定差不了；心态来源于自己对考试的态度，不管题目难易，都有一颗平常心对待，不以题目简单而喜，不以题目难而急躁，任凭风吹浪打，自能闲庭信步。此三者，如鼎之三足，少一，则鼎不稳。

班委会成员其实就是班级的勤务员，别人看着风光，自己干上了才知道其中的滋味。作为其中的一员，应该做到"三心二意"。"三心"者，热心、责任心和进取心；热心于班级事务，对班级有责任心，自己作为班委在学习上要有进取之心。"二意"者，一为领会班主任意图；二是团结班集体的意志。唯有上下一心，才能构建一个良好的班集体。

以期中考试为契机，以新班委成员诞生为开始，高二（11）班，在立冬之后扬帆起航。因为，冬天到了，春天还会远吗？

文史杂记（十三）

2015-11-14

忙碌但并非充实的一周，累并不快乐的一周。

出成绩，出大榜，出成绩分析，出大榜每个人的分析。

机械式的一步一动，毫无思维含量的亦步亦趋。

课上得一塌糊涂，批卷子也心不在焉。

这一周最大的事莫过于家长会。我准备得不是很充分，因为时间太少，内容太多，需要跟每一个人说不同的话，即使是共性的问题，也是因人而异。

本想跟更多的孩子谈话，但进展也不顺利，杂事太多，正事也不少。冲击着原本的计划。人在江湖，身不由己。

百密一疏，忙中出错，还是忘记了打印试卷。不过幸好我有李峥，有郑赫雯，当我最后拖着疲惫不堪的身躯离开校园的时候，得知试卷已经印好，我很欣慰。

清早写罢文章，十年苦读在书房，方显才高智广。

文史杂记（十四）

2015-11-28

上一周，该写日志的时候人在厦门，曾厝垵闲逛。这一周，该写日志的时候，人在炫烤，与朋友把酒言欢。貌似在厦门的那天，我好像也与酒有缘，在大连的今日，也是推杯换盏。酒逢知己千杯少，酒过三巡，菜过五味，自然是话多，话题也多。但我需要保持清醒，因为，我还需要回来码字，回来继续完成我该完成的事。

我在厦门的那一周，学生过得不错。我回来的这一周，学生过得也很好。班级逐渐形成了良好的气氛，我很欣慰。

我是一个走到哪都会想着孩子们的老师，这或许是职业病吧。所以，去厦大，就那么一小会儿的时间，我也会悄悄地脱离大部队，自己独自一个人去买点小礼物，给那个一心想考厦大的孩子。当然，班级的每个人，每个孩子，都在我的心里。所以，佟小曼的牛轧糖，自然是每个人都有份的。千里送牛轧，礼轻心意重。我无意讨好孩子们，只是举手之劳而已。曾经有人说我的脾气很好，对孩子们考虑得那么细心认真。其实我想说的是：哪有什么好脾气，都是因为喜欢你们。

又一个完整的统练结束了，从成绩上看，有些孩子的成绩起伏较大。当然，我也看到了陈昱茜的巨大进步，很欣慰。统练就是阶段性的测试，能说明问题，但只是局部问题，如果从大局的角度去考虑，统练只是战役，不是战斗；统练只是战术，不是战略。通过统练，发现问题并能反思和解决问题，方为上策。

体检之后的我，老毛病依旧，只能是为革命去保重身体吧。陪伴是最长情的告白，我愿意陪伴着。所以才有：有没有流动红旗不重要，有没有你们对我才重要。

开放周有三位家长来听课，分别是范晓艺的妈妈、郑赫雯的妈妈和董怡情的妈妈，从我的角度看，正好代表了班级三类型的学生，也算是对班级的了解和认识吧。三位妈妈都分别与我进行了长谈。可怜天下父母心啊！

写到这里，也想起了我在故乡的父母，他们对我的培养，对我的养育，而电脑上的时间在提醒我，再过一个多小时，我的生日就要到了。儿的生日，母亲的难日。妈妈，您辛苦了！

文史杂记（十五）

2015-12-4

不知不觉就进入了十二月了，不知不觉十二月的第一周就结束了，不知不觉我的文史杂记系列也写到了十五。是的，一切都是不知不觉中。

我喜欢这种"细无声"的感觉，就如同我们这段时间的自习课，静静地，静静地，仿佛自己才做了一点点事，时间就过去了。若不是下课铃声响起，都不知道，窗外已然夜色。

十一月过得很忙碌，期中考试，家长会，厦门学习，公开课，我几乎是没有空闲的档期。但一切也都过来了，班级的孩子们一点都没有给我添乱，班级一分未扣，流动红旗再次回到了 11 班。虽然我说过，我更在意的不是这个，但谁又不喜欢锦上添花？

家长看晚自习这件事，我未雨绸缪地做了一些工作，提了一些要求，从这两天的情况来看，家长对班级的认可度还算可以。只是我职业病使然，就算是回家了，不到八点半，心放不下一半，不收到家长汇报一切顺利平安的微信消息，心不能完全放下。

责任使然，心系学生才能做好一个合格的班主任。

文史杂记（十六）

2015-12-11

很多年以后，如果我还能记得什么，那一定和这一周的 11 班有关。因为，这一周，爱主宰了一切。

学考报名是爱的一种体现。王雪晴妈妈可以同时帮很多报名未果的孩子报名，直至最后我们顺利完成了该项任务；早上的晨读是爱的一种体现，陈凯迪和范晓艺的语文晨考已经形成了固定的负责模式，两人往讲台上一站，教室瞬间进入了一种肃杀的考试模式；"12·9"接力赛是爱的一种体现，毕泽鑫带病主持工作，宋梓放手伤坚持比赛，以及不用动员就能有 8 个女生主动报名的场景和赛后形成的心型的班级集体照，都会让人温暖。家长有爱，自觉来值班，一来就赶我走，让我早点回家，值班一结束就会第一时间给我报平安；学生有爱，对于那个职位，我们未必一定要得到，但王雪晴的大气担当，班级其他同学的站脚助威，以及全体孩子们停下来如此安静专注地聆听演讲和演讲结束后的热烈鼓掌，这都足以让我们不用去考虑结果。但行好事，莫问前程。

我想一定不是我自己觉得自己的孩子好。尤金父亲会在值班结束后打电话告诉我，班级孩子们太好了，孩子们太有礼貌了。请注意，他说的不是他自己的孩子，而是别人家的孩子。那个别人家的孩子，应该是李峥。虽然家长没有说名字，但是一描述那种说话的语气，我就知道是谁。有时候就是这样，你们在我心里的位置高得连我自己都嫉妒。

我想我们的这种好一定会有所感染。宋睿的妈妈会第一时间告诉我孩子学习及生活情况的变化，而且能站在对方的角度去考虑问题，而不是像对方那样不明真相、不明是非地胡搅蛮缠。这样的家长才能培养出优秀的学生，这样优秀的学生都汇集到了高二（11）班，是我的幸运。这让我的班主任工作少了很多烦恼，多了很多幸福。所以，每天看到他们的时候，我的眼睛都是自带美图功能的。

那么说班级就没有让我愁心的事吗？怎么能没有呢？90 后的孩子，诸多间歇性的踌躇满志，而我要做的，就是让这种间歇性的变成持续性的。一个人能走多远，看他与谁同行；一个人有多优秀，看他有谁指点；一个人有多成功，看他有谁相伴。

我愿意做那个"谁"。

文史杂记（十七）

2015-12-19

我没有想到周一值周班长毕泽鑫在总结会上会说出那样的话语，有点出乎我的意料，同时也激发了我的情绪。说实话，体特生总给人一种这样的感觉：他们是一个群体，不属于任何班级。其实不是这样，不管是上一次他们扣分，还是这一次毕泽鑫站出来以一个男子汉的身份许下保护的承诺，都说明，我没有特殊看待体特生是正确的。

当然，事情的起因还是上周五谷俞辰参选的事情。对于这个孩子，其实我跟别人的看法也不一样，这是一个外表学霸内心丰富的孩子。学霸是一种状态，内心的丰富是另一种表现。就像周二那天我问她关于数学统练的答案一样，没有结果之前，她不做评价。同样，对于我对她的认识，在她毕业之前，我也不会做评价。

周三的校本课程，让我见识了杨琳，那个资料整理之好，大大出乎我的意料。我收回来30多份，其中7份都是齐全的，但没有一份整理得像她的那样好，整齐得我都有一种冲动想返还给她。不过想想还是算了，都结课了，她要这个也没啥用的。当然，我留着的用处也不大，总不至于让我睹物思人吧？

周四早上收数学卷的过程真是漫长。有多长？长到本来应该进行的语文晨考不得不被迫取消。这个时候就看出了范晓艺的临时应变能力，泰山崩于前而不变色，当机立断。班级需要这样的课代表，需要这样能自己决断而不是事事都需要老师出面的学生。

同样的事情，周五的换座陈彦霏也做得很好。早在第一次换座我就说过，速度和效率甩曹广好几条街。今天面对换座的嘈杂之声，路见不平一声吼，该出手时就出手，顿时教室一片寂静。这就是班干部应该有的霸气。每个班干部都有自己负责的时间段和负责的事物，尽职尽责，不辜负老师的期望和同学的信任。

随手点出班级的几位同学，不是说其他人就不好，而是整个班级都可圈可点。

挂一漏万吧。

文史杂记（十八）

2015-12-25

　　周末没有休息，跟着刘书记在北师大敬文讲堂参加"互联网+教育"的变革路径之开放论坛，会议从早上9点至下午6点，9个小时，18位演讲嘉宾从不同角度、多个层次、各种领域对"互联网+教育"进行了不同的阐述和观点的表达。这些嘉宾中，既有像国务院参事汤敏这样的官方人士，也有中国移动"和教育"这样的企业运营方；既有各个大学的教授论道，也有来自一线教师的亲自试验。内容新颖，观点密集，使得参会的我们不仅仅是被"洗脑"，甚至可以说是被洗澡，从内而外地感受到了"互联网+教育"对教育的改变和冲击。一边聆听，一边思考，想着回去以后如何去落实最新的教育理念，去践行核心的教育改革。当然，我也不会忘了，要带点什么给我那些可爱的孩子们。无奈，实在是没有时间外出了，最后赶到机场，在安检里面的店里买了一点小心意。周一上班的时候给他们，算是意外的惊喜。

　　冬至，二十四节气之一。冬至不是冬天到了，而是隆冬的开始，冬天到了极致。中国的传统节日很多，不过很多都是有放假的，唯有冬至这一天，不放假，也很容易被忽视。但是作为很传统的我，当然不会忘记。自我当班主任以来，每逢冬至买饺子，给孩子们一人一份。不仅仅是吃，也是一种传承，是对中国传统文化的传承。看着他们一个个"吃货"的样子，我很欣慰。家长们对我的评价，我自知不行。我没有他们说得那么好，当然也没有个别人说的那么坏。我就是一位普通教师，但行好事，莫问前程。

　　我的桌子上有苹果，也不知道什么时候开始，平安夜送苹果成为了一种习俗。平安夜值班的是李峥的妈妈，她很好地完成了值班的任务，还给我留了一张字条，字里行间，全是对孩子们的希望和关怀。家长如此，师复何求？当然，我的桌子上不光是多了这张字条，还多了一封信，要不是看到最后的署名，我还真以为圣诞老人他老人家是存在的，给我送礼物了呢。

　　孩子们都是很好的，真的。子曰：己所不欲，勿施于人。这种思想略微显得有点被动，己所欲，施于人。你有怎样的内心，就会有怎样的行动。你有怎样的行动，就会收到怎样的回报。

　　我思，故我在。

　　我在，故我思。

文史杂记（十九）

2016-1-8

我不知道这是怎样的一周，该怎样形容这一周。我知道的，就是这是2016年的第一个工作周，期末考试前的最后一个完整的学习周。这一周大家都很忙，学生忙着备考复习，我忙着学习充电。所以，有几日的下午，我们是不见面的。各自忙着各自的事情。幸福的人总是相似的，不幸的人各有各的不幸。

老师这个职业，我其实还是很喜欢的。我记得我大约在6岁的时候就在奶奶家的大院里给一帮比我还小的孩子上课了。如果国家承认那个教龄，我起码是工作30年了。可惜都是自己痴心妄想罢了。人就怕自己想得太多，以为自己的好，就一定能换来别人的好。还是太单纯了。不知道江湖险恶，人心叵测。也不想想，事情哪有那么的简单。这些年来，不用低头就轻松拥有的，除了双下巴，还有啥？

如果学校没有新的安排，今天晚上的值班应该是最后一次了。这个安排的出现，与其说是解放了老师，不如说是绑定了老师。以前没有这样安排的时候，我还可以在某天有事的时候稍微早点走，现在，不见兔子不撒鹰了。以前我回家就算是安心了，但现在我回家到了八点半都不一定是安心的，除非是收到了家长发送的今晚自习一切平安的消息。你的一句平安，我的一晚心安，这也许就是为什么我会失眠的原因吧。

网络链接了全世界的讯息，却接受不到人们心底真实的感情。我以为我打几通电话就会解决的问题，电话却也出了问题。好吧，或许您是真的听不见，我也算是学习了。人总是在学习中进步、在战斗中成长的，好人做久了，也要学会当坏人，不然别人会把你的好当作理所当然。我并不失落，我也没有受伤，没有生气，我只是觉得有点累了。

面对即将到来的期末考试，分班之后的第一次五校联考，我虽然跟学生说了很多，但总有个别的孩子不以为然。这样的孩子，我得告诉你，别人都在你看不到的地方暗自努力。在你看得到的地方，他们也和你一样显得吊儿郎当，和你一样会抱怨，而只有你自己相信这些都是真的，最后也只有你一个人继续不思进取。不信？等着看期末成绩吧。

如果你认真备考复习了，预祝你都能取得好成绩。

文史杂记（二十）

2016-1-15

这是考试的一周。一个学期的学习，其效果如何，需要一个检验的方式，而考试，就是一种方式。不能说这是最好的方式，但最起码不是最坏的方式。

人生识字忧患始。从上学开始，考试就不离左右。从不习惯到习惯，不曾习惯的习惯会习惯。当我们还没有办法改变考试的时候，我们只能适应考试。调整好自己，挑战自己的极限。考试不求超常发挥，也不希望发挥失常，只要正常发挥自己的水平，就不会有什么差池的。

为了自己想要的未来，无论现在有多么难熬，都必须满怀信心坚持下去。学习没有什么轻松可言，兴趣也不是最好的老师。如果所有的事情都依着自己的性子，那么终将一事无成。人的兴趣是会变的，但目标必须始终如一，只有真正达到了自己的目的，才能有自己的兴趣。理想和生存，哪个重要？先生存吧。如果都不能生存了，理想也就无所谓了。皮之不存，毛将焉附？

成功的秘密，根本就不是秘密，那就是不停地做。羡慕别人的成功有什么意义？临渊羡鱼，不如退而结网。光羡慕成绩出来的那一刻别人的高分，却不想想别人平日里是如何度过的。你走神，人家学习，你玩耍，人家学习，你睡觉，人家学习，你学习，人家已经学了很久很久。这就是为什么你总是赶不上别人的原因。

天才不是天才，而是后天训练出来的。从来就没有什么救世主，也没有什么神仙皇帝，所以也从来没有什么天才，所谓的好学生，都是学习习惯好，而不是脑子天生聪明。脑子聪明的人不是没有，但学习未必就很好。为什么呢？因为好脑子还需要好习惯，养成习惯，才是根本。

最大的挑战不是奔向梦想的路上会遇到什么挫折，而是我们根本找不到发自内心的梦想，没有前进的原动力。考试结束，我看到不少的孩子又开始发誓，下学期一定要好好学。我不知道这句话在寒假回来之后是否还会有效果。有志者立长志，无志者常立志。

优秀不是一次表现如何，而是一贯如此。

文史杂记（二十一）

2016-1-22

最后一周，事多，天冷，但也因为是最后了，我似乎自己也放松了下来，然后就病了，肠胃不舒服，发烧，但没有办法，还得坚持。

周一出成绩了，应该说，我很满意，几乎实现了之前预定的全部目标。无论是总分、平均分还是单科分，我们都取得了前所未有的进步。这是一个好事，志存高远，完美收官。当然，这个过程中，也有一些孩子的成绩不尽如人意。成绩的进步，有些是注定的，就像成绩的退步，也是注定的一样。我把成绩分成三种：第一种是稳定型的，比如谷俞辰和刘海韵这些属于实力大于一切，王者绝非偶然。当然，如果你一直稳定在班级和年级的最后，这种稳定是要不得的；第二种是进步型的，比如范晓艺和陈昱茜等，这种进步是必然的，从平日就可以看出来；第三种是震荡型的。震荡型的孩子们要注意了，你们自己最清楚是什么导致了自己的成绩出现问题。

周二的读书会，孩子们推荐的几本书，我都很喜欢。读书能看出一个人的品味。读什么样的书，其实就能看出是什么样的人。这个学期班级摆放着很多书籍供孩子们阅读。腹有诗书气自华，文科班，就是想培养孩子们一种贵族的气质。周二的另一个重头戏是"百种职业进校园"。感谢陈彦霏的父亲为大家的讲解，感谢陈昱茜和郭海玥提供拍摄设备，感谢常鑫的全程拍摄。唯一不足的是，互动环节提问的孩子太少了，估计他们是还没有意识到这个活动的意义所在吧。

周三的研究性学习活动，我不做什么评价吧。这个活动，首先是题目的选择，其次是研究的过程，最后是研究的成果。题目的选择就不是很理想，那么后面的就毫无意义了。以目前高中学业压力如此之大，我很难想象他们的研究过程是什么样的，所以，最后的成果就是一个结果罢了。

周四大家一起看《肖申克的救赎》。这是一个计划外的活动，但这部电影还是不错的，可惜因为某种原因取消了。这让我想起了一个故事：

苏东坡与僧人佛印是好朋友，一天，苏东坡对佛印说："以大师慧眼看来，吾乃何物？"佛印说："贫僧眼中，施主乃我佛如来金身。"苏东坡听朋友说自己是佛，自然很高兴。可他见佛印胖胖堆堆，却想打趣他一下，笑曰："然以吾观之，大师乃牛屎一堆。"佛印听苏东坡说自己是"牛屎一堆",并未感到不快,只是说:"佛由心生,心中有佛,所见万物皆是佛;心中是牛屎,所见皆化为牛屎。"吃亏的倒是大才子苏东坡。

相比于《肖申克的救赎》,《红楼梦》是大部分中国人所知道的。谁是作者和续者姑且勿论,单是命意,就因读者的眼光而有种种:经学家看见《易》,道学家看见淫,才子看见缠绵,革命家看见排满,流言家看见宫闱秘事……

周五半天,但最为忙碌,各种交代,各种布置,然后就是孩子们的寒假就要开始了。而我,还有下午的家长会。这个寒假,孩子们是不会轻松的,辽宁省有一个会考制度,同时考十科的内容。只要有不过的,那么是不会发放毕业证的。所以,这个假期,一定要认真准备复习,争取会考一次过。不要总是幻想着未来,却连冬天早点起床都做不到。

记住:比你差的人还没有放弃,比你好的人仍在努力,你更没资格说,你无能为力。

努力到无能为力,

拼搏到感动自己。

文史杂记（二十二）

2016-3-4

开学第一周，一切步入正轨。这一周算上召集日，是完整的一周。从学生的情况来看，应该还算进入了状态，毕竟没几天就是会考，十科同考，前所未有的压力自然也是存在的。虽然绝大多数同学通过会考都没有问题，但小心驶得万年船。偏偏有个别孩子，实在是不知道哪来的自信，模拟考试全部挂科，居然信心满满地说自己能过。或许我是杞人忧天吧，但愿大家都能顺利通过。

开学第一课，学习中小学生守则，本身是一件好事，但形式大于内容。因此在学习之余，我和学生讲了一些事情。首先是落实上学期期末的考试奖励，然后是冥思苦想地把一些语录与大家分享。我就把这些语录都放在下面吧：

一、你之所以活得累，在于只有心理上的不断自责，没有行动上的立即改变。

文科班的学习已经过去了一个学期，当上个学期结束后你对自己取得的成绩耿耿于怀的时候，是否也曾经暗自发誓要做出改变？但是你的假期又是怎样度过的呢？

二、想到与做到的距离，有时就是最近的距离，中间的一步之遥，放眼望去已成千沟万壑。

很多事，想想很容易，真正去做很难。而一旦做的时候畏难，所有就只停留在想的层面了。

三、绝望不是结果，而是一个逐步发酵的过程。

所以，最后你绝望了，你的绝望不是最后看到那个绝望的结果，而是由于之前你的表现。

四、诺基亚的 CEO 奥利拉说：我们并没有做错什么，但我们输了。说完后包括他自己在内的几十名高管都潸然泪下。

诺基亚的眼泪表明：这个时代残酷的地方就是即使你没有做错什么，也不能保证你会取得胜利。这个时代的生存法则只有一个：不停创新，不断进取，对眼下的大趋势要有足够的敏锐度。

是的，或许你没有我说的那么悲催，也没有我说的那么弱，但诺基亚的故事告诉我们，你的失败甚至都不在于你做错了什么，而是你没有去努力适应新形势，去创新改变。

五、有些东西不是你喜欢就一定要做，相反，有些东西你不喜欢也必须去做，这才是做人。

说实话，我也不喜欢上班，"钱多事少离家近，位高权重责任轻"一直是我理想的生活，但现实的生活就是反之。当理想遭遇现实，一切从现实出发吧。

六、在时间的大钟上，只有两个字：现在。

每一个今日都是你曾经幻想的明天，所以，请为今天加油！

想想你是不是在开学之初还许诺要好好学习的，那么一周过去了，你又是如何度过的呢？明天，就是二十四节气的惊蛰，惊蛰的意思是天气回暖，春雷始鸣，惊醒蛰伏于地下冬眠的昆虫。

万物复苏，那么，我们也开始好好学习吧。

文史杂记（二十三）

2016-3-11

这一周有四个孩子生日，其中两个还是同一天。若不是我记忆力还没有衰退，真怕错过了某个孩子的生日。据说他们都很期盼能收到我亲手送上的祝福，也不知道真的假的。

这一周家长的晚自习值班基本上算是结束一个循环了。通过家长值班记录本上的记录，可以看出来，绝大部分家长对于值班的机会是很珍惜的，对于值班的态度是很认真的，对于值班的要求是能很好地执行的。但也可以看到，个别家长有点不认真了，我已经告知不参加自习的孩子，居然在考勤表上记录的是出勤，这让我很费解。我一再强调，孩子的安全第一，如果漠视孩子的安全，那还是不要参加值班好了。

家长的态度，多半也能从孩子身上体现出来，这就是传说中的有其父（母）必有其子（女）。周一王雪晴的值周班长总结，我认为是目前我看到的最为认真负责的一个。问题指出的明白，有针对性，绝对不是那种空话套话，整个总结全面到位，是个做班长的好孩子。

开学至今，早上的小考一直没有正常地进行，这其中最为主要的原因就是大家都在忙着会考的事情。不过，也能看出来，哪些孩子是有着足够的精神头的，比如李峥，我们班的学习委员兼临时的信息技术课代表。她总能抓住早上的时间，为大家组织小考。她的会考是没有问题的，其他在这一科会考有问题的孩子，你们一定要努力通过，不然都对不起李峥。

这一周出了一点小意外，就是有个孩子的脚崴了。记得去年也是这个时候，我们班的一个孩子也出了意外。当时我不在场，不知道孩子当时的痛苦是如何消除的，这一次，我在第一时间就给孩子冰敷。当然，冰的问题也不是很好解决，不过我还是想到办法，买了一大堆冰棍来处理。

我有很多生活小技能，但我也不想显摆这些，我希望的还是孩子们平安无事。

文史杂记（二十四）

2016-3-18

每天都有考试，就为了会考能全员通过。这样的一周，忙碌着。

班级里出现了一些问题，或许是因为这个特殊时期，或许是因为其他，总之，到了不得不调整的时候了。分久必合，合久必分。我现在需要的，仅仅是观察，仔细地观察，然后制定出我认为合理的方案。岂能尽如人意，但求无愧于心。

我很少在这里提及家长，但我今天想说一说。在我看来，家长有三类：

一是积极主动热情的。比如陈彦霏的父亲、田长丰的妈妈和王雪晴的妈妈，他们对于班级的事务，都能贡献自己的一份力量。而且只要是班主任提出了要求，基本上都能做到，甚至做得比预想的要好很多。我很欣慰。

二是默默无闻的。大多数家长都是这样，其实我也喜欢这样的，我们是因为孩子而相识，孩子在学校我负责，在家里你们自己负责。都是一份工作，做好自己的本职工作，就是全心全意为人民服务的。我们相安无事，谢谢你们对我的信任。

三是我主动你却回避退让的，虽然这只是个别的家长。面对孩子的问题，我想说的是，我有责任，但不是全部责任。家长要配合学校的教育，而不是全部推给学校，推给老师。

三类无所谓好与坏，高与低，因为每个家庭不一样，每个孩子不一样，每个人的性格不一样。三类我都需要沟通、交流、分享。只有我们做好了沟通，才能全面了解孩子，才能更好地给孩子制定个性化的学习、生活方案。否则，我们每次好像也见面，见面好像也聊天，聊天好像也很愉快，但都是空话、套话，不接地气，不切实际，解决不了孩子的问题。

孩子的高中生活，只有三年，而今一多半过去了，珍惜吧，陪伴是最长情的告白，微笑是最美好的回忆。

文史杂记（二十五）

2016-3-25

从周一上班就在等着周五，从来没有像这周这样盼着周五的到来。世界上最遥远的距离，不是生与死，不是我在你面前你不知道我爱你，而是从周一到周五。

会考这样的考试，让我们如临大敌，让我们为了它而降低自己的身段，为了它而把教学的难度一降再降，内心纠结、苦闷。但是，想法和现实是如此的不协调、不一致，甚至根本就是两条道路。那些真正会考有问题的孩子，压根不玩活；那些会考无忧的孩子，不明白一向高深莫测的我，怎么突然之间变成了一个碎嘴子，变成了一个婆婆妈妈的人。我如同是黑暗隧道里手持掘进机的工人，屡屡遇到坚硬的花岗岩难进一寸，还有暗河、泥石流，比这更悲惨的是——当我从大山的这头朝中间打洞，到该会师时却发现预先计算的方向有误，两条隧道竟难以挽回地擦肩而过了。

是的，我尽人事，听天命，但我在这头努力，他们却已经不知所踪。出于人道主义精神，我也会坚持下来，或者是出于老师的本能，我也不会放弃他们中的任何一个。每一个人的成功都需要贵人的相助，生命中的贵人就是那种具有正能量的有眼光的人。

但又怎样？佛语云：天雨虽大，不润无根之草；佛法虽宽，不度无缘之人。说到佛，想起了唐僧每次介绍自己：贫僧唐三藏，从东土大唐而来，去往西天拜佛取经。这几句话，小时候不是很懂，为什么每次都要这么说呢？现在的我，或许是明白了。这不就是人生的三个问题吗？我是谁，我从哪儿来，我要到哪儿去。清楚自己是谁，从哪里来，到哪里去，清晰地规划自己的人生路，不管路上有多少艰难和诱惑，都动摇不了决心，于是，他成功地实现了自己的目标。

孩子们，你们有过这样的想法吗？

文史杂记（二十六）

2016-4-1

这一周结束在愚人节这一天仿佛有点宿命的味道。过去的这一个月，似乎就是愚弄的一个月。为了愚弄会考，我们认真了。

但会考结束之后，居然真有人以为万事大吉了，心思散得如同一滴墨滴入了水中，不见了。会考是什么？高考才是你们的终极目标。你们真以为这是两个一样等量级的考试？谁这样认为，谁就会在最后哭。

为此，我特意在回来的第一个下午利用自习课给大家看了两个励志小短片，只是想告诉大家，我们都有梦想，为了梦想，我们该起床了。高中不是只有会考，还有高考和远方。

针对他们对学习的迷茫，我专门做了一个高中文科学习指导的PPT，希望他们能认真听，然后去做。好的习惯就是好的方法，好的方法成就好的习惯。

我知道有的孩子是往心里去了，有的孩子还是我行我素。

沉迷在昨天之中，昨天再好，走不回去；明天再难，也要抬脚继续。你不勇敢，没有人替你坚强；你不疯狂，没有人帮你实现梦想。不管你昨天有多优秀，代表不了今天的辉煌，要记住，昨天的太阳永远晒不干今天的衣裳，以阳光心态继续前行。

当你行动大于语言，努力了，而且是竭尽全力了之后，你可以说：我有过梦想！我努力了！问心无愧！人生总有很多事情不尽如人意，不必苛求，只要我们全力以赴就好了。

别人说他作业都是抄答案，有些人当作没听到继续看书，而你傻乎乎真相信于是自己也抄答案。别人说回家就玩电脑打游戏，有些人当作没听到认认真真做练习，而你傻乎乎问别人啥游戏？好玩吗？咋升级呀。你以为人人都偷懒于是你松懈，其实他们都在暗地里努力，落在后面的只剩你，再不奋斗就会被梦想抛弃，一事无成。

文史杂记（二十七）

2016-4-9

四天之后，又是四天。连着两个四天，搞得我以为国家推行的 2.5 天休假已经在我这里提前实现了。但是现实告诉我，不是。

不过这连着的两个四天，也给了我和孩子们一个缓冲和调整的机会。随着昨天调整的最后一块拼图完成，我对班级的整体调整可以说结束了。这一切的调整，只是为了一个核心的目的——学习。正如我昨天在说说中写的那样：利用优秀去辐射。

列宁同志有一句名言：摆在我们面前的任务有三个，第一是学习，第二是学习，第三还是学习。我搞不清楚列宁的这句话是在什么背景下说的，只能说，放在目前这个背景下是比较合适的。王守仁说过："士以修治，农以具养，工以利器，商以通货，各就其资之所近，力之所及者而业焉，以求尽其心，其归要在于有益生人（民）之道，则一而已……四民异业而同道。"作为学生来说，学习就是干好本职工作，就是全心全意为人民服务。而我能做的，就是为他们的学习创造良好的外部环境。

至于说调整完成之后，是不是就能让所有人都满意，这不是我要考虑的问题。这本身就是一个伪命题，没有什么调整是能让所有人都满意的，能让绝大多数人满意就是成功的。那句曾经流行的话说，我又不是人民币，凭什么让所有人都满意。其实说这句话的人也是缺少常识的，你就算是人民币，也不能让所有人都喜欢。

一个人之所以感到迷茫，无所事事，正是因为没有计划，没有目标，正如当下的你们。让你沉默的，从来都不是现实，而是面对现实时的苍白无力。如今，我们的调整完成，从下周开始，起床不再是为了应付一天的时间，而是必须做到今天要比昨天过得更精彩。让努力成为一种习惯，因为我们还有梦想。

没有任何人可以击垮你，也没有任何人能够拯救你，人只要拥有信念，有所追求，什么艰苦都能忍受，什么环境都能适应，成功，就是征服自己。人，不怕渺小，只怕卑微，生活是公平的，要活出精彩，需要一颗奋进的心。以勤为本，以韧为基，尽自己的全力，求最好的结果，行动成就梦想，奋斗成就人生。

文史杂记（二十八）

2016-4-15

这一周的我似乎开心不起来，倒不是因为比之前上四天班的两周多了一天，而是我突然觉得，玉玲说的可能是对的，看似没有问题的班级，其实藏着很多的问题。而这些问题，并不是说可以通过调整就能解决和避免的。有些问题会一直在那里，有些问题即使解决了，充其量也是从地上转入地下。想起了许三多的那句话：生活，就是一个问题接着一个问题。我们不解决问题，迟早被问题解决。所以，我还是去解决问题，采用我习惯的方式去解决问题。因为，不是所有的事情都是我放一马就可以的。你迟到了，让我放你一马；你上课睡觉，让我放你一马；你没有完成作业，让我放你一马。搞得我现在都不知道，我到底是你们的班主任，还是一个放马的。

别把我的容忍，当成是你犯错误的资本。我之所以容忍，不是给你面子，而是给班级其他孩子面子。我在意的是班级的绝大多数，而不是你。我是有底线的人，所以我要求你也不能无下限。起码的礼貌和规矩你是应该懂的，其他人也会看着，不患寡而患不均嘛。

懂事的孩子是大家都喜欢的。孩子是家长的代言人，看着孩子的一举一动，我大体就能知道家长的一言一行。一个孩子就是一个家庭，所以周四晚上我接到范晓艺电话报平安的时候，虽说有那么一点小感动，但也觉得在情理之中。在班级，我不会偏向某一个孩子，也不会故意去打击某一个孩子，我就像梭伦一样，"拿着大盾，不让任何一方不公正地占据着优势"。人在江湖，湿身湿鞋，就是一个底线问题。

我一而再再而三地谈及底线，其实跟那天的辩论有关系。班级获胜了，我也跟着开心。通过辩论，我也看到了文科孩子很好的一面：人文精神，文化素养。不像理科班的那几个孩子，以为自己临场发挥得很好，殊不知那恰恰是丢分的所在。俏皮话谁都会说，但语言这个东西，一说话就暴露了你自己。你现场的气质，藏着你走过的路、读过的书，甚至是你爱过的人。更有意思的是，居然还有同室操戈的场面，这让我体会到了，敌人，真的只是比故人多了一撇，是的，"一瞥"。正如东北常常出现的打架由头：你瞅啥？瞅你咋地！唉，只是因为在人群中多看了你一眼。这或许也是为什么我加他们为好友的原因吧。我不希望后来我们唯一的联系方式就是点赞。

昨天的你不重要，重要的是今天的你以及明天的你。你昨天坚持移山没事，今天继续移山也没事，但明天你还在移山，那就是你的问题了。愚公移山或许是为了交通便利，你移山，只能是为了 WiFi 信号好一些。感动上天的事情，还是不要说了吧。

文史杂记（二十九）

2016-4-22

当你想要做出一种选择的时候，其实未必是忠于内心，而是受到一些外在因素的影响。比如我刚刚决定卸除 QQ，就发现原本寂静的班级群突然就有 99+的消息。

班级出现了自组建以来第一次的巨大争论，如果是出于私利，我会觉得费解。但出于班级利益而争得面红耳赤，都觉得自己没有私心，这又让我觉得欣慰。

班级出现问题，我却觉得欣慰，是不是脑子不好使呢？确实有点。座位调换这件事情，看似班主任有很大的权力，实则不然。制约换座这件事情的因素，一是平等原则；二是现实的小组合作；三是领导给予的压力（原谅我没有把领导因素放在第一位）；四是人际关系。哪一个处理不好，都会有问题，如果问题发酵，也许后果不堪设想。

为了平等原则，我必须要考虑每一个小组都能坐到每一个位置。为了小组合作，我又不能拆散他们。为了领导满意，我还得摆出领导喜欢的样子。为了人际关系，我还要考虑组内组间。

中国人，不患寡而患不均，不患贫而患不安。

当宋德宇做得不好的时候，并非私心作怪，也不是能力有限，小事不小，权当考虑不周吧。当陈彦霏把事情做得好的时候，也并非手到擒来，而是多年经验的总结。至于我而言，也无所谓强势与否，凡是利于学习的形式，其实都是我乐见的。二人无所谓对错，都是为公事，这是 90 后比前人进步的地方。面红耳赤也罢，怒目相对也好，其实都没有真正从内而外地讨厌对方。

承认 90 后有优点，未必就是说他们完美。就拿充当歌手大赛观众这件事来说，就能看到他们的世故与成熟。去，就会耽误两个小时的学习时间，影响到自己，得不偿失；不去，心里还跃跃欲试有所挂念。相比较高一时候的踊跃，现在的他们，懂得了取舍，毕竟，逝者如斯夫。

可我想说的是，学生最重要的任务是学习，但这绝不是说学习就是唯一的事情。就如同每一场辩论会我都会到场一样，我希望你们能通过各种形式获取学习的体验，而不是说留在教室里就是学习。

两个小时可以做什么？静坐，冥思，这样的收获，未必就小于在教室里写作业。而且，如果学习就是写作业的话，那对学习的理解就过于狭隘了。

事不少，但结局还是好的。如同今天的辩论赛，不仅赢了，范晓艺还收获了最佳辩手，而且轮空，直接进决赛了。

我爱你们！

文史杂记（三十）

2016-4-29

这一周有什么事情频繁出现在我的记录本上？那无疑是"请假"二字。周一的王雪晴，周二的范晓艺，周三的李晓红、王熙萌、刘璐，周四的陈凯迪、杨林，周五的周静怡和李峥，超过了10人次，占班级总人数的五分之一。

对于请假这件事，我基本上都是一路绿灯，因为我觉得，不到万不得已，学生不会轻易跟我请假，不到非请不可，家长不会给我打电话。请病假的都是坚持不住了才回去，或者是把课上完了，作业领齐了才回去。请事假的也都是等到3:20以后，甚至是5点以后。所以，虽然比较多，也算是在情在理吧。

高中的学习，每天都是大容量、高强度，请假一天，影响巨大。即便就是不请假，在教室里待着，也未必能跟得上。一个完整的统练结束了，个别孩子的成绩不理想，我也一对一进行了谈话，因为每个人的问题不一样，成绩不理想的程度也不同。谈话不一定能解决问题，但不谈话一定是在回避问题。认识到自己有问题不可怕，可怕的是总以为自己没有问题。问题解决在大考之前要比解决在大考之后好。谈话的过程，也是了解学生的过程。

虽然看重成绩，但我并不是把成绩看成是考虑学生的唯一标准，甚至都不是重要标准，正如陈雪妈妈所说："喜欢任老师，是因为您既教孩子如何做事，又教孩子如何做人。"我对于人品更为在意一些。人品其实是一个人的本性，这个是装不来的。班级男生不多，但却都是精品。宋德宇自不必说了，这个孩子对于班级的热爱，是发自内心的。每一天，每一件事，都能看出他的用心。从来都是最后一个走，检查班级里所有一切，平日里一些我没有想到的事情，也都会提醒暗示。虽然有些事未必都能让所有人满意，但其心可鉴。

这一周我观察了另外的男生。一个是常鑫，七组组长，这一周因为政治课代表有事，他就很有担当，在毫无名分的情况下，布置作业，收作业，认真负责。另一个是田长丰，值日的时候很认真，就连最后的清扫，都是把讲台上的粉笔一一拾走。

我想，这些都不是装，都是其内心的正常外在表现。一个人做一件好事并不难，难的是一辈子。子曰：勿以善小而不为。

假期愉快，我亲爱的孩子们。

文史杂记（三十一）

2016-5-6

随着一科一科的成绩出现，期中考试算是尘埃落定了。结果既是意料之中，也是意料之外，我想没有比这个成绩更容易让他们正确认识自己的了。自从会考结束以来，他们的浮躁、膨胀，溢于言表。我虽然多次大讲、小讲、个别讲，但语言还是不如行动，只有当成绩展示在面前的时候，才是最有说服力的。你不相信时光，时光首先抛弃你，不要到这个时候才觉得成绩一个天上、一个地下。没有谁是足够地幸运才考得好，幸运，其实就是准备遇到了机会。说句重话，你现在的成绩，也许不是你想要的，但绝对是你自找的。

人与人的智商真的有那么大的差别吗？其实，人与人之间最小的差别就是智商，最大的差别是坚持。很多人把努力看成一个短期回报，当短期内没有获得回报时就转而放弃。其实不是，努力是一个长期的过程，有很多你之前经历的事会在之后显现价值。只是它什么时候显现价值，谁也说不准。

你所做的事情，也许暂时看不到成果，但不要灰心或焦虑，你不是没有成长，而是在扎根。洛克菲勒说，我鄙视那些善找借口的人，因为那是懦弱者的行为。我也同情那些善找借口的人，因为借口是制造失败的病源。所以，从现在开始，不要找借口，而是努力去学习。

不要觉得我说话不太中听。假话就像台词，准备好了才会说，真话就像咳嗽，憋不住了才会说。想想自己的4月是怎么度过的，就会明白自己的5月会得到什么。彼月，你说的比做的多，欲望大过本事，等到想要改变却又无能为力，想要顺其自然却又无法心安理得。最后只好说，一切都是命运。哪里是什么命运！都是因为不坚持，不努力。信命运，无非是催眠自己。

孩子们，以期中考试为契机，好好反思一下，然后做好接下来的计划。让我们开启自己的新一段历程。

文史杂记（三十二）

2016-5-13

一个挨着一个找学生谈话，仿佛又回到了这个班级刚刚组建的时候。但是我知道并不一样，经过快一年的时间，一切看似没有变化，其实一切悄悄地在变着。

成绩在变。即便是很稳定的排名，其实成绩已经发生了质变。超越者自然已经超越，而这种超越，基本上是在既定方针下完成的。只有超越到这个层次，才是真正的高手。跌落者继续跌落，如果自己以为已经探底，那也就是你以为而已。哪有什么底啊！已经是深不见底，已经是沟壑纵横。

排名在变。这一次，或许是最后一次排名出现这样的变化。这一次的排名，不是决定性的，但确实是真实的反映。考试这个东西，虽然诡异，但还是有一定的说服力的。如果一点都没有，那就可以取消了。通过考试，其实可以大致把学生分成三种情况：

能考上重点大学的：

1.智力水平一般，有强烈的主动学习意识；

2.智力水平较高，有主动学习的意识；

3.智力水平较高，有强烈的主动学习意识。

能考上普通大学的：

1.智力水平一般，有主动学习的意识；

2.智力水平较高，没有主动学习的意识；

3.智力水平较低，有强烈的主动学习意识。

能考上其他院校的，他们可能是这样一部分人：

1.智力水平一般，没主动学习的意识；

2.智力水平较低，有主动学习的意识；

3.智力水平较高，基本不学。

太多人仅寄希望于一个华丽的冲刺，就想超越别人数年的坚守。

你觉得可能吗？

文史杂记（三十三）

2016-5-20

这一周，我第一次离开孩子们。但也是出于无奈。家里有事，危机来临。这或许是我这样第一代独生子女都将面临的问题，只不过在我身上来得早了一些。

这世间，有一种压力，叫上有老下有小。是的，我压力山大。急躁，不安，周旋，辗转，独自承担很多很多。无助，甚至有些恐惧。以前一直以为自己不会如此，但事情到了跟前，并非都是车到山前必有路的。笑对人生，也是苦笑。当然，在课堂上，我还是继续保持和以往一样，只不过，内心深处，我自己最为清楚。

这世间，有一种责任，叫上有老下有小。对父亲，我必须尽到自己的责任，孝心。孝悌，仁之本也。虽然自己能力财力都一般，但对于父亲，此时必须倾我所有，用100%的努力，去换取不知道是几许的希望。只要一息尚存，我都会去争取。对于孩子们，我必须尽职尽责，近一年的陪伴，感情上很难割舍，又怕自己力不从心，耽误了他们。我想一直陪他们走到最后的。

这世间，更有一种幸福，叫上有老下有小。也许事情会乐观一些，也许会柳暗花明，这些都不确定。父亲一辈子积德行善，上天一定会眷顾的。上帝关门的时候，一定不会把门上锁。一条路走不通，就换另一条路。现在这么发达，总会有办法的。对于孩子们也是一样，他们那么懂事，我那么喜欢他们，舍不得他们。我想，两样幸福，我都应该能拥有。不是我贪心，而是一定会如我所愿的。

希望老天保佑，希望老天有眼，上天有好生之德，会的，一定会的！

520，我爱你，爱你们。二十四节气之小满，就让我小小地满足一下吧！

文史杂记（三十四）

2016-5-27

　　辩论赛到最后的决赛，胜负已经不再重要，重要的是孩子们一路走来，既有口若悬河的辩才，又有灵光一现的抖机灵，加上些许的运气。他们，配得上最后的决赛。当然，在我急忙赶回来的时候，还是听到了最后很好的结果。

　　相较于高一的时候我还略加指点，高二的时候我干脆就是一个旁观者，静静地看着他们展示自己的才华。他们年轻，思路更加开阔；他们勇敢，辩论技巧更加娴熟；所以，可以义无反顾；所以，可以一路走来；所以，他们是真正的人生赢家。

　　当然不止是辩论赛，平日里的他们也是一样。我喜欢和他们在一起，而且尽量伪装自己还很年轻（虽然早已被他们定位为中年），尽量伪装自己能听懂他们的语言（虽然早已被他们定位为段子手），尽量伪装自己笔耕不辍（虽然早已被他们定位为网瘾）。但我自己知道，满脸的沟壑纵横如黄土高原一般，年轻对于我来说已经是过去式了。

　　这一周和他们谈话，本来是可以全部谈完的，但还是剩下三个没有完成，没有刻意针对谁的意思，因为我确实也很忙。但我也只能让自己忙着，充实着，只有这样才能避免胡思乱想。充实的时候，可以暂时忘却烦恼，空虚的时候，就会令自己难过。一个人过得好不好，自己是最清楚的。不要觉得人心难测。心情这种东西，你捂住嘴巴，它也会从眼睛中流露出来。

　　对于他们背后的家长，我尤为感激。这段时间他们对于我，关心，包容，替我分忧解难。对于我提出超出教育教学的请求，也不假思索地予以满足。这让我除了感动，还是感动。教育本身是一个教师、学生和家长三位一体的活动，任何一个环节出现问题都会影响教育的质量和品味。在我们班，这三者，从未有缺席。

　　班级有好消息，希望家里也有好消息。希望今天的医治处理能尽快出现一个我乐见的结果。

　　但愿天随人愿。

文史杂记（三十五）

2016-6-8

从 5 月末到 6 月初，我天天都在学生和老父亲之间奔波着。一边是血浓于水的亲情，一边是胜似亲人的孩子们。我如同梭伦，手持大盾，不让其中的任何一方觉得不公。突然之间感觉自己是那么的不容易。任何一句言语都可能让我感动或者暴躁。那天我先是去医院签字没签上，学生也有拓展，眼看时间来不及了，我又折返回去。毕泽鑫的一句话，让我也很感动，这个孩子身上总有一些超出同龄孩子的东西。

当然，不是所有的孩子都如此。比如今天发生的事情，具体的我就不说了。我不能要求每一个人都懂事，都理解甚至同情我，况且我也不需要那么多。我能做的，就是守住底线，不破坏规矩。但行好事，莫问前程。

这几天的卷子批改都是运动战，或者在 202 路公交车上，或者缩在医院的一个角落里。或许我本可以不如此，但我觉得，自己能做的，也就是这些。多尽一分力，少留一些遗憾。

这一周从 6 月 6 号开始，我在晨会上布置了高考倒计时的任务，算是营造一种氛围吧。把"还"用"仅"取代，用心也是如此。包括拍照给家长，也是这个意思。教育的三者必须合力。加上今天下午 5 点结束高考的一瞬间，我也再次进行了相关的说教，都是一个意思。

当然，不是对每个人都有用。人生如爬山，每个人都有自己的不易。有人嫌苦从未前行；有人怕累起步就停；有人努力爬了一半怀疑到不了终点而折功而返；有人心怀梦想竭尽全力、洒尽汗水、历尽挫折终登巅峰。于是山脚的人望顶兴叹、自愧不如，殊不知，登顶之人未必有强过自己的能力，唯有坚强的信心和决心！

我让孩子们利用三天假期好好想想，好好看看，但我也知道他们中必然有人抵挡不住假期的诱惑。其实，看一个人今后的发展如何，就看一个人对欲望的自控能力。如果你可以控制你的饮食、睡眠、懒惰和抱怨的嘴！这本身就是一种强大。

好了，我也如此。已经一周多的时间没有在床上睡过了，休息一下。

文史杂记（三十六）

2016-6-17

　　总算恢复了正常的秩序，恢复了正常的工作与生活。真心不容易，历经多种折磨之后，结果是好的，而且出乎意料的好，这是一种福分，是父亲的福气，也是我的福气，更是孩子们的福气。但行好事，莫问前程。其实有时候不仅仅是说说而已，知易行难。

　　从家事说到孩子们的学习，其实也是如此。没有平日的积累与付出，而妄想高考一鸣惊人，一飞冲天，那是不可能的。我对每一届学生都说，考试无非是三种情况。一种是正常发挥，把平日里所学所知在考场上都展示出来；一种是超常发挥，在原来的基础之上，厚积薄发，有如神助；最不济的是失常发挥，本来有屠龙之术，结果抓条蚯蚓都费劲。所有的人都希望超常发挥，不想发挥失常。但我觉得，只要能正常发挥出自己的水平，就足以打开通往理想的大门了。而自己正常的水平则需要在平日里不断地提高，而不是默认自己已经不行、已经如此。毕竟时间还有，光阴还在，努力是当下唯一正确的选择，荒废时光是最可耻的行动。

　　高考在娱乐当道的今日，已经被圈内和圈外人不断地调侃、批评、讽刺。比较流行的段子大致是这样的：这两份名单你认识多少？第一份名单：傅以渐、王式丹、毕沅、林召堂、王云锦、刘子壮、陈沆、刘福姚、刘春霖。第二份名单：曹雪芹、胡雪岩、李渔、顾炎武、金圣叹、黄宗羲、吴敬梓、蒲松龄、袁世凯。哪份名单上你认识的人多一些？其实，前者全是清朝科举状元，而后者全是当时的落第秀才。甚至连部分家长也认可这一说法，这是一种自媒体下的盲从盲信。第二份名单确实我们都认识，但他们的背后，我们真的熟悉吗？

　　曹雪芹：江南织造府官二代富二代。

　　胡雪岩：依附左宗棠发家。

　　李渔：其父是如皋首富。

　　黄宗羲：其父是中官御史。

　　吴敬梓：父祖均是进士。

　　袁世凯是乱世枭雄。只有金圣叹、蒲松龄真是穷人。

　　所以，如果你不是官二代富二代还是老老实实高考吧，别想那么多了。世界上有两样东西不能嘲笑：一是出身，二是梦想。什么样的出身不重要，重要的是将来成为什么样的人；出生在哪里不重要，未来在哪里才重要；生来贫穷不可怕，将来贫穷才可怕；起点低不重要，重要的是未来的终点在哪里！只要有梦想，坚持梦想谁都会成为了不起的人！

因为，人生不设限，成就无边界。

文史杂记（三十七）

2016-6-24

这一周觉得过得很快，似乎还没有开始就已经结束。没有度日如年的感觉，有的只是时不我待。自从班级后面的黑板开始了倒计时，仿佛置身战场，厉兵秣马，丝毫不敢懈怠。

但只有我紧张是不够的，需要的是大家都能紧张起来。这种紧张，不是心理上的，而是行动上的。要把自己当成是高三的学生，要自主学习，而不是应付作业。你真以为作业抄完了老师不知道？总是拿自己微弱的头脑去对抗最强大脑，也够勇敢的。

高三复习，贵在三点：（1）自学能力：要学会从一个被填充知识的人，变为自学知识的人。不能只会背诵，还要有理解的能力。（2）从理论到实践的能力：当你真正理解一件事为什么如此时，才能举一反三，无师自通，学以致用。（3）批判式思维能力：不要被教条束缚，要学会用不同观点看问题。这三点，也是高考的要求，即能力立意和核心素养。

所以，高三复习，不是简单重复，而是量变到质变，是破茧化蝶。

这一周高考成绩出来了，就着这个事，我进行了教育讲话，为的就是让他们认清形势，认识自己，或者说重新认识自己。这个过程当中，如果你感到委屈，证明你还有底线；如果你感到迷茫，证明你还有追求；如果你感到痛苦，证明你还有力气；如果你感到绝望，证明你还有希望。从某种意义上说，你永远都不会被打倒，因为你还有你。

换句话说，高三这一年，别人恭维你时，偷偷高兴一下就可以了，但不可当真，因为那十有八九是哄你的；别人批评你时，稍稍不开心一下就可以了，但不可生气，因为那十有八九是真的。

高三一年，有的人只做两件事，不服、争取，所以越过越好，一直在进步，最后梦想照亮现实。高三一年，也有人，只做两件事，等待、后悔，所以越混越凄惨。

何去何从，全在你自己。

文史杂记（三十八）

2016-7-1

这一周是劳动周，也是孩子们在八中最后一次承担学校的清扫任务。从一楼到四楼，从扫地到拖地，从抹走廊的每一寸栏杆到清理栏杆下的每一块玻璃。宏观上打理，微观上细致，虽然都是些不会干活的孩子，但也是一群不会偷懒的孩子。90后的孩子，大抵如此。

干活和偷懒，本来就如同一个硬币的两面，但是需要先学干活，才能学会偷懒。当年我刚入职参加工作的时候，一位前辈教我如何写教案，其细致，我至今难忘，也终身受益。等到我教案写得差不多了，他又教我如何在写教案中取巧，省时省力。一时间，我对这位前辈佩服得五体投地。

之所以讲这件事，是因为劳动班这一周，他们的劳动让我觉得既可气又可笑。气在他们不会干活，连糊弄也糊弄不明白。笑在他们每每想偷懒之际，我总是神一般地出现。

当然，也不是所有的孩子干活都不好，比如许志豪这个孩子，干活就很细致，他总能发现一些别人注意不到的地方。联系到他的各科笔记也做得那么认真，我想，我们说他是一个认真的人，大致没错。

孩子们不喜欢劳动，可以理解，毕竟我们现在的教育把孩子们培养得都鄙视劳动了。德、智、体、美、劳成了一句空话，"万般皆下品，唯有读书高"成了他们的信条。高等教育让农家子弟不再愿意回农村，初等教育让孩子们不再热爱劳动。

教育如此，孰之过？

文史杂记（三十九）

2016-7-8

期末临近，管理应该是要跟上的，但我似乎有点松懈。不是我自己偷懒，而是我觉得孩子们还是不错的，班级的学习氛围也尚可。

但有时候你越是好心，却越是会换来不好的结果。比如最近班级的"发型事件"。我并非没有发现，也并非说完了不好使，而是觉得，快期末了，不要因为这些事影响学习，毕竟在我眼里，学习是目前最为重要的事情。我也跟他们说了我的想法，他们也欣然接受了。但慈心生祸害，最后事情还是败露了，我一个劲地给他们面子，他们一个劲地打我脸。这样的事情，以后不会再发生了。我这个人有个习惯，就是凡事我都会给别人一次机会，哪怕是上当，我也认可。但一次之后，再无下次，就像某段相声里说的：

你不尊重我，我尊重你；你还不尊重我，我依旧尊重你；你再不尊重我，我还是尊重你；你总不尊重我，我早晚让你好看。

我从不期望班级所有的同学都说我是个好人，那样的话，我有很大概率是个没有原则的人。我有自己做事的原则和底线，我会护着学生，但这不意味着我会无论何时都站在学生的一边。生命中最美好的事情，就是找到那个知道你所有的缺点、错误和弱点，却依然认为你非常棒的人。我愿意做这样的人，而不是做没有原则的人。

孩子们都在学习的时候，我会在前面静静地看书，静静地看着他们。多年的经验会告诉我，谁在认真地学习，谁在装着学习，谁根本就没有学习，一眼就能看出来。伪装是靠不住的，我没有火眼金睛，唯一有的是一双肉眼，但这不意味着我看不清楚他们的状态。真正认真学习的孩子，从不担心考试，因为时刻准备着，就等着考试了。假装学习的孩子，对考试有三大错觉：我有步骤分，我有平时分，我有师生情。其实什么都没有，考试面前，人人平等，或者说，分数面前，人人平等。根本不学习的孩子，其实我也管不了，因为他们身在此处，心在别处。而且，这几个不学习的，都有自己的小算盘，我不能打破别人的如意算盘。当然，我并非是置之不理，在这之前，晓之以情、动之以理的话，我已经说了太多太多，不光跟孩子说，也跟家长说，孩子满不在乎，家长认为我是多虑，那么，我还能怎么办？你的百分之百都能如此，我的四十多分之一还能如何？

假话就像台词，准备好了才会说；真话就像咳嗽，憋不住了就会说。上面这些话，或许就是我憋不住了。

文史杂记（四十）

2016-7-15

期末考完了，也就意味着一个学期又结束了，最后的句号是不是能画圆，不在于考试的时候作答如何，而是在于平日里努力几分。如果平日里每一天都过得心安理得，那么考试自然无怨无悔。如果平日里都是苟且，那么又如何去期待"诗和远方"呢？我们不是阿Q，不需要最后"要画圆圈了，那手捏着笔却只是抖，于是那人将纸铺在地上，阿Q伏下去，使尽平生的力画圆圈。他生怕被人笑话，立志要画得圆，但这可恶的笔不但很沉重，并且不听话，刚刚一抖一抖的几乎要合缝，却又向外一耸，成了瓜子模样了"。或者说，我们不需要精神胜利法，但我们需要胜利。

胜利和成功是每个人的渴望。人生所有的问题，都靠成功来解决；人生所有的成功，都靠成长来解决；人生所有的成长，都靠学习来解决；人生所有的学习，都靠自己来解决。可惜的是，有些人的成功只出现在两个地方，梦里和口头上，而有些人，却是从一个胜利走向另一个胜利。与其每天担心未来，不如努力做好现在，因为，只有奋斗才能给你最大的安全感。努力过后，才知道，有些事情，坚持坚持，就过来了。

当然，成绩还没有出来，我不便发表太多的评价。在这个大数据时代，如果不用数据说话，总显得自己不科学、没素养。那就等着吧。

文史杂记（四十一·大结局）

2016-7-22

传说中的暴风雨没有来，但家长会和假期却一定会来。传说中的秋后算账没有如期进行，但高考却会在 320 天之后如期到来。

凡事预则立，不预则废。其实预和不预，意义不大。就像今天我在家长会上说的，努力了不一定成功，但不努力，就一定不会成功。高三来了，文史杂记就得告一段落。这不奇怪，就像去年我刚接班的时候说"211"至少有两层含义一样。今天，另外一层含义也不攻自破了。

我喜欢这些孩子们，舍不得他们。虽然不知道还会不会遇到比他们更好的人，虽然不知道我还能不能爱上别人，但在有限的生命里，假如再给我一次机会，我还是愿意在去年夏天遇见他们。

是的，遇见他们，我很开心。我不是最好的，但他们是最好的，为了他们，我必须努力做到更好。

世界上有条很长很美的路叫作梦想，还有堵很高很硬的墙叫作现实。翻越那堵墙，叫作坚持，推倒那堵墙，叫作突破。在成长的路上，我们打破的不是现实，而是自己。在人生的跑道上，战胜对手，只是赛场的赢家，战胜自己，才是命运的强者！

高三来了，不管你是否愿意。什么是高三？高三就是你在家写了一下午数学题，爸爸慈祥地来到身边："做一下午数学题累了吧。"你满心欢喜地以为可以玩了："嗯，累！""哦，那就换学语文放松放松吧！"

高三就是你上个厕所回来看到桌子上一堆卷子，然后问同桌为什么不给你传到后面去，同桌回答道，你别逗了，这都是你的。

高三就是忙碌、奔波、疲惫。忙碌是一种幸福，让我们没时间体会痛苦；奔波是一种快乐，让我们真实地感受生活；疲惫是一种享受，让我们无暇空虚。

我们要有底气说，高三，我们来了！

那年高三（一）

2016-9-2

开学，一切如故，但已然高三。继续把高二时节的奖励派送给每一个该得到奖励的同学，然后也尽可能让更多的人能得到奖励，求得为高三开个好头。俗话说，好的开头是成功的一半。但只有"不忘初心"，才能"方得始终"。

没人能一手把你拽到天堂，也没人能一脚把你踩到地狱，命运中所谓痛苦与快乐，只是内心感受，当你超越自己的狭隘和自私时，你会感到处处是天堂；当你被烦恼纠缠不清时，哪里都是地狱。所以说，万法唯心，命自我造。命运如何，就看你怎么去努力、怎么去看待。命运就在你的手里，也在你的心里。

高考是什么？前人已经有过太多比喻。而我觉得，高考就像是上帝创造的一个游戏。上帝是游戏管理员，而我们就是玩家。每年管理员就会强制性给玩家提升一个等级。我们现在是 3 级，即将打大 boss。这最后一年，就是要准备好装备和找到 bug。在这一年里，脆弱的人四处诉说自己的不幸，坚强的人不动声色地更加强大。

这一年，我们别无选择，唯有奋斗。不奋斗，你的才华如何配上你的任性？不奋斗，你成长的脚步如何赶上父母老去的速度？不奋斗，世界那么大，你靠什么去看看？一个人老去的时候，最痛苦的事情，不是失败，而是"我本可以"。

这一年，每个老师的每一节课都是以 4G 的速度讲课，你若学神，则是用 Wifi 的速度听着；你若学霸，也是用 3G 的速度记笔记；你若学渣，不仅搜不到、连不上，最后还自动关机了！！！

你是谁，是什么样的角色，自己清楚，老师明白。老师能做的，就是把不可能变成可能，把可能变成一定。老师最不希望的，是说你不听，听了不做，做又做错，错又不改，改又不服，不服你又不讲。

以上文字，权作新一个连载的开始，非要给一个名字的话，就叫作那年高三吧！

那年高三（二）

2016-9-9

进入高三第一次上晚课，真心累，拖着疲惫的身躯回家，发现客厅还亮着橘黄色的灯，而妻子已经在沙发上睡着，见此情景心都疼了，我忍不住把她唤醒，对她说："电费难道不要钱吗？"

人累了是会胡言乱语的。我从 5 点上课到 6 点，从 6 点 40 谈话到 8 点 20。开学至今，我已经谈了 24 名同学，一对一，个性化，翻转式，这时候再笼统讲已经没有意思了，需要的是针对性。高三都在复习，但都不一样。成绩好的孩子永远在谦虚地学习，而学困生总是认为自己什么都知道。

谈话发现有孩子居然没有计划，这个很可怕。没有计划的复习就如同没有蓝图的人生，那只能是拼图。没有计划就不知道时间如何安排，而时间是公平的，心在哪，时间在哪，行动在哪，收获就在哪！

下午的班会像例行公事一样，孩子们怎么想的我不知道，但三年里我说的话是不一样的。第一年的时候谈送礼，目的是让他们明白我是什么样的人。第二年谈我对这个行业的认识，目的是让他们明白教师未必高尚，但必须用心去做。第三年谈职业归属，因为他们中有人将来会和我成为同行，作为过来人我必须告诉他们江湖险恶。当然，我的掏心掏肺掏肝掏肠子，可能在别人眼里，不过是碗杂碎……

这个也正常，就像大家觉得我开朗幽默，其实呢？我的经历和我的职业告诉我，我只能如此。一个人的特别爱笑，说明他内心深处很悲伤；一个人很能睡，则说明他很孤单。

我两样都有。

那年高三（三）

2016-9-14

  谈话是一个折磨人的事情，和一个你能聊得来的人说说心里话，是一种减压；和一个懂你的人聊一聊，是一种享受；和一个你喜欢的人聊聊天，是一种快乐。而我，是和40多个孩子在围绕着同一个问题分别谈话，其中遇到共性的问题，很多话就会重复地说；遇到个性的问题，就得绞尽脑汁地想怎么说；遇到一些比较怪的问题，就得设法知道孩子的真实想法。总之，不容易啊。不容易也得进行，谁让我是干这个的呢。到今晚为止，加上那天堵到的四个体育生，我应该是把所有的人都谈了一遍。这，应该是我这个学年工作量最大的一次了。之后，还会进行谈话，但次数、批量都会有所不同。个别孩子，我们的谈话恐怕真的是最后一次了。因为你根本没有实话，老师没有时间听你说那些连你自己都不信的话。你撒谎的时候都能不脸红，理直气壮，那么，我觉得，可以到此为止了。老师是公平的，但前提是彼此的信任。如果没有基本的信任，就只能做到问心无愧，剩下的，交给命运。

  谈话之后是调整座位。这是一个极为艰难的工作，也是我迟迟没有进行的原因，我还在最后等孩子们的反馈。需要考虑的因素太多了，在上个系列（《文史杂记》）中我曾经有过一篇专门讲其中的不易。但好在现在是高三了，调整起来少了一些干扰，多了一些自主。总的原则就是成绩优先，保障学习，其他的，都是小事。列宁同志曾经说过，摆在我们面前的任务有三个：第一是学习；第二是学习；第三还是学习。

  迎来了开学的第一个小长假，不知道你们怎么度过。总说梦想遥不可及，可你却从不早起。希望你们能像你们说的一样，有计划地安排好自己的事情。三天，能干不少事情呢。

  有人在奔跑，有人在睡觉，有人在感恩，有人在埋怨。有目标的人睡不着，没目标的人睡不醒。努力才是人生应有的态度！

  这月再回来上课，才18号。三分已经没有了，扣得冤枉：水杯问题，柜门问题，头发问题。三个老实巴交的孩子为自己的行为付出了代价，也让班级付出了代价。头发的事情我是有怨言的，因为实在是不清楚规则是什么，什么样的情况算警告，什么样的情况就扣分？水杯的问题两个孩子分别来找我承认错误，其中一个孩子还希望我能惩罚她一下，但她又不是故意如此啊？跟柜门问题有关的那个孩子是这里面最老实的一个，平时话都很少，说话声音都小得不行了，更加不可能是有心为之。但话又说回来了，即便是无心之错，也对班级造成了一定的损失，所以，三个孩子，我们还是公平、公正、客观地对待这个问题吧。

就像我给他们分月饼一样，一个都不能少。

那年高三（四）

2016-9-23

运动会结束了，第一时间不是回家，而是去医院忙活到 7 点多才回家。宋睿不小心出了点小意外，崴脚了。当时幸好郑靖赢妈妈先带着孩子去医院挂号、拍片，忙前忙后，等到我赶去的时候，基本上已经没啥事了，唯一能做的，就是陪伴，等着家长的到来，等着出结果，所幸无大碍。回家的途中，田长丰早已在路边等待，不仅送上拐杖，还一个劲地叮嘱如何使用，提醒注意事项。11 班，就是这么有爱。

这是高中的最后一次运动会了，虽然场地换了，但孩子们还是一如既往。作为班长的王雪晴，忙前忙后，事无巨细，都能利利索索，虽然有点小意外，但结局无碍。有这样的班长，班主任是十分省心的。

当然，另一个班长宋德宇也很不错，组织大家加油助威，自己还亲自上场参与项目，身体力行，值得点赞。

李峥和郑赫雯这对学委搭档，把班级的写和送宣传稿件的工作做得井井有条，比之去年，有很大的进步。尤其后半段郑赫雯因为眼疾提前退场的时候，李峥独自一人兢兢业业，难能可贵。

场外如此，运动员自然更是值得大书特书。刘善宝，我是真没有想到会作为运动员出现在赛场上，而且成绩不错。这个孩子平日比较腼腆，能够参赛，我觉得是迈出了重要的一步。

当然，也有想迈步被我阻止的，这个孩子就是常鑫。因为身体的原因，我不想让他冒风险。并非我害怕承担责任，而是我们应该知道，我们不是为了跑步而来的，我们还有明年的高考，那才是我们的终极目标，不要因小失大。我看到他失落，我心里也不好受，但没有办法，顺从吧。

陈尔冬跑 1500 我不意外，成绩也不错。这个孩子是个比较好玩的孩子，心眼不坏，个人习惯有待改善，假以时日，调整自己，或许能担大任、成大器。

毕泽鑫经常出现在我的系列中，多数都是正面形象。这次也不例外，本来进决赛了，差点被黑掉。只要我们有理，我自然会去争取，最终昭雪平反。他和宋梓放、毛志崧、吴海滨组成的 4×100 接力赛，去年就技惊四座，今年又成功卫冕，可喜可贺。

当然，我们的女子 4×100 也是实力派组合。赵情、毕晓晨、张悦萦、李晓红四人通力合作，成绩斐然。

这些有自己项目的孩子，基本上也都参加了集体项目。迎面接力若不是我出场参赛影响了成绩，他们也会很不错的。跳绳在轻松的氛围下完成，孩子们，你们真棒。

当然，我们的后勤保障也是非常成功的。因为这次更换了地点，所以陈昱茜承担了后勤保障工作。采买，送货上门，辛苦了。

没有闭幕式，我现在还不知道最后的结果。但我相信，我们已经为最后一次的高中运动会画上了圆满的句号。结果并不重要，没有什么事情可以预先安排，这就是生活令人兴奋的地方。生命中有许多你不想做却不能不做的事，这就是责任；生命中有许多你想做却不能做的事，这就是命运。

那年高三（五）

2016-9-30

这一周过得很突然，突然就结束了，突然就月末了，突然就迎来了黄金周。如同天气，突然就降温一般。

我有几天不在班级，回来后听说孩子们很好很听话，我很欣慰。毕竟是高三了，有着压力和动力，压力让他们不再浮躁，动力让他们勇往直前。高中学习，无非就是一个过程，并不是一个结果。如果你不会享受过程，结果是什么你一定知道。高中学习就像一个括号，左边括号是报道那一天，右边括号是毕业典礼，我们要做的事情就是填括号，要用刻苦努力的学习填写括号中的内容。试想一下，如果在座的他们，高一就是如此的状态，又会是如何？

历史不允许假设，时光也不会倒流。高中生活渐渐地减少，渐渐地，他们中的一些人，终将被生活打磨成没有棱角的样子，像一颗光滑的石头。愿有颗平静的心去面对过去，一颗勇敢的心去面对将来。孩子们，每个人都有自己的时间去做自己的事情，不是你有空就得有个人陪着你疯。你的生活就像一个圆圈，里面什么都有，但也什么都没有。

无论生活是不是善待你我，我们都要认真努力地活着；无论生活是不是必须苟且，我们都要相信，还有诗和远方。

开学的第一个月就这样过去了，不管昨天你怎样低落，总会看见太阳的升起；不管昨天你怎样困苦，总会拥有今天的希望。月末月初，总得反思和总结，找出不足。能马上改的，叫作缺点；只能慢慢调整的，叫作弱点；无论如何都改不了的，那叫你的死穴。

我不太相信死穴这一说法，尤其是在学习这个事情上。你说呢？

记住：埋怨是一种懦弱的表现，努力才是人生的态度。今天的努力，成就明天的美好。今年的努力，成就未来的辉煌！

那年高三（六）

2016-10-14

这一周的重头戏是月考，这是进入高三的第一次月考，旨在检验 9 月的学习，结果已经是真相大白。有些孩子开学立下的宏伟计划，才一个月就已经荡然无存。

每一个成功的人背后都付出了你无法想象的代价，然而你却一无所知地去嫉妒别人。当别人付出辛苦你在享受时，你没有资格去嫉妒，因为没有付出何来的回报呢？

你期待命运出现转折。命运的转折是从当下的这一秒开始的，而最可怕的一种局面是，你一直在怀念过去，幻想未来，虚度现在。

月考结束之后在意分数的那些孩子们，你们是否很清楚这一阶段存在的问题：哪些知识点没有记牢？哪些题型还不会做？哪些题目会做但是答非所问？哪些题目会做但因解答不规范没有得满分？哪些应该得到的分数没有得到？等等。抓住月考后的宝贵时间把这些问题全部解决掉，这次考试的目的之一就达到了。没有人能在考试中门门功课都考满分，人人都可以从考试中找到复习中存在的问题。

其实，月考没考好就是这一个月你没学好，所以不要抱怨这次没考好，而要分析一下这一个月的学习是不是出现问题了，在哪里出问题了。是课堂上没学好，还是课后没有巩固好？是知识没记住，还是题目解法没掌握好？是审题不仔细，还是做题习惯不好所致？是答题不规范，还是平日学得就不扎实所致？

你对自己的学习情况有了一个大致的了解，就可以重新计划之后的复习了。

莫让计划成为一纸空文。

那年高三（七）

2016-10-21

月考总结会，班科任联席会，之后的工作落实、安排，和学生谈话，忙得我每天和妈妈的电话沟通都中断了两次。我们每个人都曾是梦想家，只不过到后来梦碎了只剩想家。

这一周突然很想家，想起我曾经高三备考的岁月和坐着绿皮火车去西安上大学的时光。如今，奔跑的火车是我们的绿皮青春，再也不会回来，而永不相交的铁轨则是我们的记忆。

是的，想起。这世界上最快的速度不是光，不是电，而是我们的念。一念起，万水千山；一念灭，沧海桑田。我的高考早就远离我而去，我们的高考却一次又一次地进行，年复一年。

岁月老了，听故事的人成了讲故事的人，讲故事的人成了故事里的人。感动你的从不是别人的故事，而是别人的故事让你想起了自己的故事。当年的我觉得高考神秘，如今的我经常撩开那神秘的面纱，窥见美人。月下看美人，越看越精神。

和25个孩子进行了月考后的谈话，鼓励，批评，指出不足，交心，鞭策，找寻亮点，很不容易，很累。突然就感觉自己很像当年的父亲，他们那一辈人一度很想去解救全人类，最后发现全人类都在悲悯地看着他们。

我不想放弃谁，但前提是他（她）不能自我放弃。我没有天分把每个人哄到开心，我就觉得我的笑容能让谁觉得舒服就笑给谁看。我的笑就像创可贴，虽然掩饰住了伤口，但是疼痛依然。我是一个经常笑的人，但不是一个经常开心的人。

不如意事常八九，可与人言无二三。我有个朋友的孩子今年上四年级，他能清楚地背出"英雄联盟"里面124个英雄的所有名字，清楚地说出496个技能及124种被动，却背不出来26个英文字母！

明白了？

好吧！就算痛苦没人知道，我也要坚持奔跑。即便眼泪没人明了，我也要洒脱微笑。一颗坚强勇敢的心，是我备战高三最大的法宝！

那年高三（八）

2016-10-28

终于还是和所有愿意和我谈话的孩子们都谈了一遍。之所以这么说，是因为我是按照《高三学习手册》的上交情况来谈的。既然没有看到册子，自然也就少了谈话的依据。

高三谈话，鼓励自然是要有的，但光有鼓励是不够的。如果不指出问题所在，只会让孩子盲目自信乐观。捧杀有时候比棒杀还可怕。鸡汤喝多了，就成了砒霜。我也害怕时间说真话，到最后所有坚持都成了笑话。

大部分孩子还是不错的，能正确认识自己，找出不足，总结经验，以利再战。个别的孩子还是盲目的，只是埋头学习，从不思考。我自然是不反对一心只读圣贤书的，但读书不思考，则罔。

高三是一个比较敏感的时间，一举一动，一个眼神，一句话，可能都具有无限的感染力或者杀伤力，这个，很难控制。无意之中的感动和无意之间的伤害，如果都特别在意，那其实是不合适的。除了敏感，心存感激，也应该是高三这一年应该有的态度。感谢所有那些曾经帮助并一直帮助你的人，因为他们本可以不这么做。

也许会有人觉得那个册子的填写耽误了学习的时间，有那几分钟的老生常谈，不如多刷题。或许也对，但你不填写册子，真的就是去多刷题了吗？我不好妄加揣测。但我知道，有人过马路闯红灯只为了省那一分钟时间，而他们大部分的人平时在家可以发呆待上一整天。

人生如行路，一路艰辛，一路风景。你的目光所及，就是你的人生境界。总是看到比自己优秀的人，说明你正在走上坡路；总是看到不如自己的人，说明你正在走下坡路。与其埋怨，不如思变。

对这个世界而言，我们走过的路只是一寸，而未走过的崭新之路是一光年。即便是这一寸旧路，我们每日进进出出，仍不敢自言烂熟于心。高三复习就是如此，看则似曾相识，实则暗藏玄机。你以为已经十拿九稳，其实每次考试都是七上八下。

所以啊，本事不大，脾气就不要太大，否则你会很麻烦。能力不大，欲望就不要太大，否则你会很痛苦。有这么一个故事：

小和尚跟老和尚出来化缘，满心不愿意，看见几尾鱼逆水而游，便借题发挥："这鱼多傻，逆流而上，多累啊！""可它们正在享受奋斗的快乐呢！"老和尚说，顺手一指河面上的落叶，"你看，只有死去的东西才享受随波逐流的安逸和舒适啊！"

孩子们，告诉自己，每一份坚持都是成功的累积，只要相信自己，总会遇到惊喜！告诉自己，每一种生活都有各自的轨迹，记得肯定自己，不要轻言放弃！

那年高三（九）

2016-11-4

那年高三系列，第一次在电脑前敲打着键盘完成。之所以说是第一次，是因为之前，我要不就是在手机便签上，要不就是在 iPad 上，赶着期中考试这样的时间，我才有机会坐在电脑跟前，敲打文字，记录历史。其实我很感谢有考试这样的安排，我都可以在雾霾的清晨，送姑娘去上学，心情大好，一扫雾霾。孩子们是不喜欢考试的，尤其是期中考试，考完之后，接着就是家长会。

总得考试，不考试就没有更好的办法检验学习的效果。不能把最后的高考作为检验的标准。何况现在的孩子们，不会有孤注一掷的勇气，更不会永远高昂理想主义的头颅。生活和现实，对于他们，反而更加重要。他们年少稚嫩的面庞总会说出老气横秋的话语：认命。什么是认命？所谓的认命，就是你的野心和你的不甘心坐在一起，握手言和！

我很难想象一个花季的孩子，会跟我说她是因为太累不想学习了。不拼搏，高三干啥？难道就是等着时间耗尽，回家？那还不如早点回家的好。

我很难想象一个孩子从早上进入班级倒头便睡。开始我认为上课睡觉是因为前一天晚上学得太晚睡觉少的原因，时间长了，才发现其实就算前一天下午就开始睡一直睡到第二天上学，只要教室温度舒服老师讲课温柔，照样继续睡！自从有了这孩子，我上课连表都不用看，看他的状态就可以。第 3 分钟开始用胳膊支着头，第 10 分钟开始趴在桌上，第 15 分钟进入睡眠……最厉害的是下课前 3 分钟一定会坐起来，我就知道快下课了。

换个话题，说点新鲜事。

这个学期我会在每个孩子过生日的时候送出他们出生那天的报纸，满满的历史感。报纸这玩意，诞生之初，肯定为传递新闻资讯而来。但在我童年的记忆中，它只是一个个包书的书皮，保护着新发下来的教材，使得我在每个清晨挎着书包出门时，心里都暖暖的。

那个年代的报纸还有一个重要功能，就是厕所伴侣，幸亏我学会自主如厕时已经是改革春风吹满地了，否则满版皆是领袖语录，一不小心就佛头着粪，只怕早当了小反革命。无论如何，报纸及其墨香，温暖过我们这代人的头脑，所以我们热爱报纸。至于当今的衮衮后生，既无那种经历，对报纸淡漠也在意料之中了。知趣的孩子，会在我面前表现出惊喜，算是对我的安慰吧。

时间改变了无数事物的容颜，我们也许还在做着一样的事，但目标和彼岸都已改变。井掘了出来，本是给人们取水的，但在过往千年里却成了节烈妇女自戕的墓地；造物主造出人的口舌，是用来进食和说话的，但若有一天只能喝些三聚氰胺，唱些欢乐颂，好像这不是耶和华的初衷，也不是女娲的初衷。

报纸从过去的传递新闻、厕所伴侣到现在的生日礼物，这个变化，我喜欢。

那年高三（十）

2016-11-11

出成绩，开家长会，老师的工作就是周而复始，不断重复，谈不上有什么技术含量。能力有限，水平一般，靠的就是一膀子力气和一份热心。有的人对你好，是因为你对他好；有的人对你好，是因为懂得你的好。放眼社会，老师是这个世界上唯一一个愿意因别人家的孩子进步而高兴、退步而着急，满怀期待，助其成才，舍小家顾大家并且无怨无悔的"外人"。

家长会时间很短，所以不能长篇大论，只能是摘干货说，也不能再遣词造句，只能是大白话、大实话。其实，再华丽的句子，再深奥的道理，其实也改变不了什么的，道理终归是道理，仅仅是道理而已。道理是死的，人是活的，道理唯一能改变你的只有心态！多少人心态改变了，但行动跟不上呢？每天最大的感慨是：再这样下去不是办法哦。但转过天来，继续是学得一塌糊涂考得百般无奈。

下周继续会在后面的板报上增加孩子们理想大学的内容。有个别孩子不理解，各种吐槽，除了说明他本身眼界不够外，真说明不了什么问题。要知道，只有说出来会被嘲笑的梦想才有实现的价值。人生最重要的不是我们置身何处，而是我们将前往何处。

孩子们，不要用自己的时间去见证别人的成功，这个话我在家长会上也说了。每个人都可以成功，都应该成功。还是用我一贯用的西游记的例子来说吧。

有人问唐僧：你今天成功了，靠的是什么？

唐僧回答：我靠的是信念，只要我不死，我就能取到真经。

然后问孙悟空：你靠什么？

悟空说：我靠的是能力和人脉，没办法的时候我会借力。

然后问猪八戒：你动不动就撂耙，还好色。你怎能成功？

猪八戒说：我选对团队了，一路上有人帮，有人教，有人带。

然后又问沙和尚：你这么老实怎么也能成功？

沙和尚说：我简单听话照做，想不成功都难。

请对号入座，加入成功者的行列。

那年高三（十一）

2016-11-19

按照老王的理解，我写的这个系列是按照班级来写的，所以写"那年高三（六）"的时候，他很开心，据说还转给他们班的孩子看了。其实，这是一个美丽的误会，我并无此意。但有些事情就是这样的巧合，今天距离2017年高考还有200天，我正好写到了"那年高三（十一）"，我的班号。

人生有些事情就如打喷嚏，虽然你已经有所预感，却总是措手不及。200天的到来就是这样。是的，这就剩下200天了，快吧？光阴荏苒，岁月如歌。你是充实地过，还是悠闲地过，它都只剩下200天了。等下周再来，我们就要在"1"打头的日子里度过了，所以，周末也不要放松。虽说文武之道，一张一弛，但此时此刻，我们却不得不时刻绷紧自己的弦，平日里老师不主张你们熬夜，但周末是可以的。哪怕第二天起来晚了，只要自己的时间没有浪费就是可以的，他们看你中午才醒，却不知道你凌晨才睡，他们嘲笑你痴人说梦，却不知道你背后的决心，等到他们看到你荣华围绕时，他们也不知道你背后的汗水。孩子，为了自己加油！

200天了，每天都应该认真地度过，白天好好学习，心力交瘁，夜深人静的时候就把心掏出来自己缝缝补补，完事了再塞回去，睡一觉醒来又是信心百倍。相信自己，越活越坚强，我们不是官二代、富二代，我们没有靠山，自己就是山！我们没有天下，自己打天下！我们没有资本，自己赚资本！我们弱了，所有困难就强了，我们强了，所有阻碍就弱了！活着就该逢山开路，遇水架桥。生活，给我们压力，我们还你奇迹！

200天了，多乎哉，不多矣！但也不要因为剩下的天数不多了，就开始放弃，不要总觉得上帝给你关门的同时还钉死你的窗，现在开始用门夹你的脑袋了。其实只要还有明天，今天就是起点。虽然高三每天题山题海，三步之内必有毒草，但你身边有六个道行够深、待你热忱的人教你避开雷区，你高三便不会粉身碎骨。上一篇里我说老师是这个世界上唯一一个愿意因别人家的孩子进步而高兴、退步而着急，满怀期待，助其成才，舍小家顾大家并且无怨无悔的"外人"。其实老师何止如此，老师还是一个愿意把吃饭的本事无私地教你的人，很难得，要珍惜。希望你们这一年能学到最多的东西，尽得真传。

200 天了，有人感觉去日无多，开始了自己的恋爱。哎，上天给了你一张低调的脸，却掩盖不了你得瑟的心。孩子，我们都需要一见钟情很多人，两情相悦一些人，然后才会白头偕老一个人。每步都是过程，每个人都是回忆，每一次恋情都是命中注定。但错误的时间做错误的事情，你不仅自己会悔恨终身，也耽误了别人的终身。如果真的很喜欢一个人，那么保持一个朋友的身份就好了，因为这样就永远不会失去。

我昨天在 202 上被一个家长说"老师也一天到晚玩手机"，自己心里也很惭愧。200 天了，把手机收一收，实在是太影响学习了。早晨，手机是闹钟；上学路上，手机是手表；上午，手机是不想听课的利器；中午，手机是订饭工具；下午，手机用来消磨时间；晚上，手机是游戏机；临睡，手机是安眠药。你离不开手机，早晚会出事的。

200 天以后，你们将奔向祖国的五湖四海、大江南北、长城内外。就像你们当初从各个不同的初中来到八中一样。这 3 年，你们在八中读书，你们的爸爸妈妈每次路过，都会稍作停留，走出很远都不忘再回头看看，因为你在这里。200 天以后，你们去了另一座城市的一所大学读书，那座城市，那所大学，又成了你们的爸爸妈妈关注的重点，天气状况，新闻琐事，都不轻易错过。

因为你们在那里。

那年高三（十二）

2016-11-25

又一周，但 11 月还是没有过完，如此漫长的一个月，世上少有。尤其是刚刚过去的这一周，感觉自己要被掏空，新的复习内容没进展多少，面向 2000 人的讲座的准备，还有省内某著名杂志的约稿。这一周，我的充实感就像高三学生的作业一样。这么比喻最形象，一个外国人问道："你们的作业也太多了吧！"中国学生回答道："你想太多了，这只是作业的答案！"

是不是觉得高三的老师都不慈悲为怀？是的，但这不是我们的错。以班级任课教师的年龄来看，就算是最年轻的我，小时候的教科书里也是没有"慈悲"这个词。农夫与蛇的故事是假慈悲，所以自己挨咬了。

后来接触佛教了，我才知道佛教里的慈悲有几个层次。初段的叫众生缘慈，看到众生的皮囊晃来晃去，遂生怜惜。九段的叫无缘慈，亦即不需见众生，而通晓其苦痛。记得就是这一届学生高一的时候，自习课有学生刚上课几分钟举手：老师我想上厕所。我答曰：那你就想吧。

这些老师里面，他们最不喜欢的一定是我。

半月不见的外语老师终于回来上课了，虽然还是凤体欠安。这才是他们喜欢的，初见之欢，不如久处不厌。这些天整个年级的英语老师他们都见识过了，这才想起来自己亲老师的好。佛说，爱上一个人只需要一刹那。一刹那是多久？佛经中记载一刹那即为一念，二十念为一瞬，二十瞬为一弹指。一弹指 7.2 秒，一瞬为 0.36 秒，而一刹那仅仅是 0.018 秒。他们，会爱上英语老师的。

刚接了一个电话，勾起了一些回忆，权作为这篇的结尾吧！

高中时，暗恋前桌一个大大咧咧的女孩，在一个晚自习的时候，我决定表达我的心意，在递给她的小纸条上写道：如果世界上只剩下我们两个人，你会怎么办？我的心怦怦乱跳，不一会儿小纸条传回来了，打开纸条上面写着：弄死你，之后独霸整个世界，吼吼吼吼哈哈哈！！！

那年高三（十三）

2016-12-2

这一周是从我的生日开始的，到了我这个年纪，对于生日的态度很矛盾：想过又不想过。想过自然是不甘寂寞的，像我这样内向的人，很害怕孤独。孤独不是世界上只剩自己一个人，而是一个人就能成为一个世界。手捧着一本书就能过一天不挪地方。不想过是害怕自己变老。变老是人生的必修课，变成熟是选修课。我多么希望自己的必修课是选修课。将近不惑之年的我，还是那么幼稚，不够成熟。我年少的时候是不相信这个世界的规则的，总幻想着单枪匹马闯荡天下，总有一天驾着七彩祥云，成为一名盖世英雄，然而当我开始在这个脏兮兮闹糟糟的世界上摸爬滚打的时候，才发现，枷锁无处不在，一不小心就会触碰那些看不见的规则，头破血流。就像一只飞蛾向往和憧憬着温暖，却不知道后面的人会一扫把拍过来，留下一墙的灰……

学生们给我准备生日的问候，漂亮的蛋糕，美丽的祝福墙，我很感动。我这样一个感性的人是很容易热泪盈眶的。为了不让自己失态，我满嘴跑火车地说了很多语无伦次的话，以分散自己的注意力，控制好自己的情绪。朋友圈有人说，有生如此，师复何求。是啊，家长们说孩子们遇到我是一种幸运，难道我遇到孩子们就不是一种幸运吗？孤独的人一般都是热情而又友好的人，一个微笑便能换来他们全部的真诚。

这样的生日会让我铭记，因为温暖。其实就算是其他的情感，我也会记住的。20岁生日的时候在外地上学，因为到月末了，根本没有钱庆祝生日，手头只有半块蛋糕和十支蜡烛，还好我的房间里有一面镜子。把蛋糕摆在镜子前，插上那十支蜡烛，20岁的生日圆满了。刚参加工作之后第一次过生日，身边也没有人知道，学校旁边就有一个蛋糕店，但一个蛋糕自己买了也吃不了，索性不买。没有蛋糕的生日怎么办？下班的时候，我在那个蛋糕店外边徘徊了快两个小时，这才抬脚迈进店里，店员立即过来给我介绍，我说我不买，他说让我走，我不走。一来二去就这样我们起了冲突，他越骂越得意顺手拿起蛋糕扔在了我脸上，我终于在心里默默地对自己说了句：生日快乐！

用这么多的篇幅写生日而不写高三，其实我是故意的。因为这一周实在太平无事。开放周家长们来听课，也做了交流。班级平静如水，生活一帆风顺。当然，我也知道，表面的平静不是真的平静，一帆风顺也可能是我没有发现问题。

但这是高三，每个人都应该知道自己该如何去做，都应该知道要在180多天之后去面对高考。高考并不是一种技能测试，高考是一种素质测试，它的出发点是把更优秀的人筛选出来。读过大学的人能清晰地认识到高考涉及的基础知识有多简单，高考中大多数的解题技巧在现实生活中毫无价值。高考的出发点，直白点说，就是看看哪些学生更聪明、更勤奋、更有执行力。

不是聪明，而是更聪明；不是勤奋，而是更勤奋；不是有执行力，而是更有执行力。明白这些，你就应该知道压力有多大。

我想起了《辛德勒名单》里那个红衣服的小女孩。

我们在和平时期，为什么会失去"善的本能"？是物欲横流使然？古人语，仓廪实而知礼节，衣食足而知荣辱。那么应该不是物质丰盛的事情。古人还说，饱暖思淫欲，饥寒起盗心。古人废话真多。社会上的"善"失，不敢去扶老太太过马路，因为有彭宇案在那里；教师的"善"失，不敢去批评惩戒那些犯了错误的孩子，因为有《未成年人保护法》在那里。因搀扶老人而摊上事儿的人逐渐增多——就连小学生也未能幸免；因为批评学生最后被解除公职的教师也不少——就连"名师"也受到牵连。在投鼠忌器的恐慌氛围里，人们摁住了"善的本能"。那些仍然遏制不住"本能"施行救助的人们，收获了媒体"勇气可嘉"的用力褒奖。那些仍然遏制不住"善的本能"批评惩戒学生的老师，收获了家长无休止的纠缠。

这样下去，社会上冷漠的路人不再受到批评，动了恻隐的路人则成为了我们当中的异类，受到了舆论的盛赞。这样下去，教育行业又会如何？恻隐之心，本该人皆有之。韩寒曾说，只有众善够重，诸恶才能被诛。但我们见过的阴损事太多，我们已经很难相信美德。

我努力想把话语扯到和高三相关，却总是跑偏，现在，还是回来吧。这一周的最后两天，已经进入了12月，今年，只剩最后一个月了！一年很慢，又很快。钟表，可以回到起点，却已不是昨天；撕下一页日历简单，把握一天很难。2016年只剩最后一个月，若是美好，叫作精彩；若是糟糕，叫作经历。2016年很快结束，不再迟疑，不再拖延，为了心中的梦想，勇往直前。

加油，11班的孩子们！

那年高三（十四）

2016-12-10

以月考开始，以成绩分析结束，一周一晃而过，节奏感明显加快，你必须提速跟上，因为你肯定不想中途下车。当我还没有放弃你的时候，你没有放弃自己的资格。张爱玲说过："中年以后的男人，时常会觉得孤独，因为他一睁开眼睛，周围都是要依靠他的人，却没有他可以依靠的人。"我就是那个中年男人，每天都面对着40多个要依靠我的孩子们。

人这辈子有两样东西是别人抢不走的：第一是吃进肚里的食物；第二是藏在心里的梦想。但这不是你做一个有梦想的吃货的理由，那样会显得你没有脑子。我可不希望僵尸兴奋地把你脑壳打开，失望地走了。

居然有孩子说高三无聊。如果你觉得这样的日子无聊，那每当无聊的时候你就去学习吧。不过我很担心，因为一旦你学习，就会立刻发生比学习有趣的事来打断你的学习。真正的高三学子，从不会觉得无聊。高三是充实而紧张的，每一分每一秒都很金贵。

珍惜时间，从早晨起床开始。冬天最难的事情，就是早起。每个冬天的早上，都感觉床上被粘了一床502胶，一想要动身起床就有切肤之疼。我怀疑你们患上了十分严重的恐高症，每天必须鼓足勇气，才敢从床上坐起来。我已经不止一次发现高三这一层班级早上亮灯晚于其他班级了，有时候是整个年级里最晚的，这个在以前是没有过的。一日之计在于晨，谁抓住了早晨，谁就抓住了整个一天。

高三复习至此，已经不是存在薄弱学科的时候，而是学科中存在薄弱知识点的时候。不解决这些问题，就始终是定时炸弹，不定时爆炸。剪坏你头发的理发店你不会再去，吃坏你肚子的快餐店你不会再去，那个一遍又一遍伤害你的知识点，你为什么不去消灭它呢？

到今天，仅有180天了。剩下的这180天，如何提升自己，自我增值呢？让我们一起按照下面的去做吧。

1.每天读教材。那些东西你自认为熟悉，其实未必。

2.刷新鲜的题。保持手感，规范作答。

3.战胜你的恐惧。不要有畏难的情绪。我们唯一值得恐惧的就是恐惧本身。

4.升级你的技能。在规定时间内完成该完成的任务。

5.承认自己的缺点。有缺点不可怕，不敢正视才可怕。

6.向你佩服的人学习。你不能只是艳羡，而从不付诸行动。

7.减少在网络上闲聊的时间。现实中的闲聊也减少。

8.培养意志品质。高考不仅仅是考知识与技能，优秀的意志品质会助力你的高考。

9.好好休息。会学习，也要会休息，劳逸结合。

10.帮助他人。一个人的品格，从他如何对待那些对他毫无帮助的人，就可以看得出来。

11.让过去的过去。沉寂在过去的失败和成功中都是不正确的。

12.从现在开始。只要开始，永远不晚。

那年高三（十五）

2016-12-17

早上 7 点前我准能到教室，然后从教室出来，开门往外走，来到了水房这儿。拿过茶杯，把盖儿拿开，放在一边，用开水烫这个杯。里面涮了涮，外面又烫了烫。倒了之后，又续上一次开水，把盖儿盖好了，右手端着杯，左手摁着盖儿，上下地晃悠。片刻之后，打开盖，把水倒掉。转过来，又控了一控水，把杯放好，这才伸手拿过来茶叶罐儿。打开茶叶盒儿，抓了一把茶叶，放在杯里，"嘶……"放多了……急忙忙一伸手，又抓回了一些，放在茶叶盒里，把锡纸盖好，拿过茶叶盖来，拧好，放在一侧。端起茶杯来，续上了开水，轻轻地把盖儿盖上，端起来往外走。回到教室，把茶杯放在桌子上，一直到约半个小时后，开始喝茶。

回味得这么细致，是因为早上这段时间，其实很珍贵。周一需要总结上一周的情况，布置这一周的要求。周二、周四和周五是语文晨读，这周我还跟语文老师提出新的要求，读完之后再增加一个跟进的练习，周四就开始照着做了，效果一般。个人感觉还应该再进一步，也跟课代表说了。语文的阅读很重要，必须抓紧，如果大家都在读的时候你都不跟着一起读，很难想象你会自己去读。何况两个课代表每次都很认真，大家更应该配合，不是为了她俩，而是为了你们自己。周三是英语阅读，现在主要是单词的背诵，形式也比较活泼多样，挺好的。

不要小看这一点一滴的积累。哪怕起点低，只要每天多一点努力，多一点进步，就能创造一个意想不到的奇迹。就像今天给你 1 元，接下来连续 30 天每天给你前一天 2 倍的钱。你想想你一个月会有多少？结果是 21.47 亿元。

这一周有一个清华冬令营的报名活动，我没有在班级大面积去讲这个事情，只是跟班级的个别人谈了这个问题。通过这个事情，我发现孩子们的自信心不是很足，前怕狼后怕虎，其实大可不必。这就是一个机会，你参与了，得之，幸事，不得，继续积极备战高考就行了。不要在一棵树上吊死，多找几棵树试试，你说呢？遇事要积极主动，不要总是等。等没了青春、没了时间、没了精力再想去奋斗，等到头发花白也只有遗憾与后悔。

高三了，就不要再问这个事情有没有意义，那个事情值不值得做。学校和老师都明白高三的重要性，都知道高考对于一个家庭的重要程度。当然，我们也不能保证每节课的每一句话和每一个知识点都会在高考中出现。因为考点天然是知识点，但知识点未必天然是考点。只有高考之后你才知道了自己学了多少毫无用处的东西。

不知道这些的，恰恰是那些能在高三的课堂酣睡的人，既然背后的家长认为这个是小事情，那么我就是多虑了。有时候你说了真话，你还得向人家道歉，因为你戳穿了事实。所以想要活得顺畅，请时刻带上脑子，这算是对自己的一个提醒吧。

我可以容忍你继续如此，但也请你相信这个世界是有因果的。出来混迟早是要还的。

那年高三（十六）

2016-12-23

这个学期很奇怪的事情就是，每逢过节前的那个晚课，都是我的。教师节前夜，我的晚课；中秋节前夜，我的晚课；国庆前夜，我的晚课。这不，明天是平安夜，后天是圣诞节，依旧还是我的晚课。那天在走廊，肖主任说这样每天看着他们的时间都不足 180 天了，突然就有了淡淡的伤感。

人心似铁非是铁，国法无情真无情。人毕竟还是感情的动物。三年的冬至，我都会给每个孩子们准备一份热气腾腾的饺子。不少人问我为什么会这样做，以前的回答很模糊，今年的回答也不会好到哪儿去。冬至是二十四节气之一。二十四节气都申遗成功了，不得庆祝一下吗？如果这样的回答很官方，那么我就稍稍地抒情一把：冬至是一年中最寒冷日子的开始，而寒冷存在的意义，也许就是让你越发找到温暖的事物去追随，比如，一盒热气腾腾的饺子。为每一个孩子准备一份不算丰盛的温暖，希望能填补冬日所有的空洞。饺子更多时候吃的是人情味。毕竟人生那么长，冬至一年只有一次。第一年的时候，有孩子以为是每个班级都有饺子吃；第二年的时候，新的班级大家一起吃饺子的时候，还略显拘谨；今年是第三年，隔着冬日一窗水汽，雾霾还没有散去，大家还能如约吃到饺子。一份饺子对于我们日益丰足的生活已经不算是多大的事情，希望孩子们在一个温暖的集体里，努力拼搏，实现自己的梦想。

雪晴的妈妈说，高中三年，三个冬至的饺子，会是孩子一生的难忘……还有中秋节的月饼，出差带回的特产，上课奖励的巧克力……吃在学生的嘴里，暖在家长的心里！感谢，感恩女儿在八中能遇到这样一个班主任！一个幽默、细致、腼腆、犀利的文科男。

人哪，不容易，尤其是能够三年都在一起相处，更是不易。这不是什么马克思主义原理能解释清楚的事情。往小了说，就是缘分，往大了说，是时也运也命也。老郭有一段说得很精彩，摘录如下：

蜈蚣百足，行不及蛇；灵鸡有翼，飞不如鸦。马有千里之程，无人不能自往；人有凌云之志，非运不能腾达。文章盖世，孔子困于陈蔡；武略超群，太公垂钓于渭水。盗跖年幼，不是善良之辈；颜回命短，实非凶恶之徒。尧舜至圣，反生不肖之子；瞽叟顽呆，反生大圣之儿。张良原是布衣，萧何称谓县吏。晏子身无五尺，能做齐国首相；孔明居卧草庐，作了蜀汉军师。韩信手无缚鸡之力，封了汉朝大将；冯唐有安邦之志，到老半官无封；楚王虽雄，难免乌江自刎；汉王虽弱，却有万里江山。满腹经纶，白发不第；才疏学浅，少年登科。有先贫而后富，有先富而后贫。蛟龙未遇，潜身于鱼虾之间；君子失时，拱手于小人之下。天不得时，日月无光；地不得时，草木不长；水不得时，风浪不止；人不得时，利运不通。盖人生在世，富贵不能移，贫贱不能欺。此乃天地循环，终而复始者也。

珍惜彼此的缘分，为了同一个目标而一起努力使劲。家长、学生、老师，三位一体。道生一，一生二，二生三，三生万物。三角形具有稳定性，三角进攻也是篮球战术中极为有效的进攻套路。三生有幸，我们能在一起奋斗。遇到某个人打破你的思维方式，改变你的行为习惯，成就你的未来，我们称之为贵人；遇到一群人点燃你的激情，觉醒你的自尊，搭建成功的平台，我们称之为团队；遇到一件事，唤醒你的使命，指明你的方向，成就你的梦想，我们称之为事业。

我不一定是你们的贵人，但我们已经搭建了一个成功的平台，高考，就是我们的事业。为梦想，去努力吧。

那年高三（十七）

2016-12-31

瑞雪飘飘似鹅毛，飘扬柳絮满琼瑶。但则见，冷月疏星飞啼鸟，待哺的乌鸦把翅摇。行路人迷失了阳关道，白头翁踏雪寻梅过小桥。山川景，举目瞧，飘飘去，荡荡摇。云横秦岭崎岖路，粉饰南阳旧草茅，长空似有玉龙闹，猛回头，杏花村内酒旗飘，随风上下摇。走在去单位的路上，天降瑞雪。到单位，坐在床边，眼看瑞雪铺满了操场。八中是个美丽的校园，不需要参加任何美丽校园的评比都是。八中美景盖世无双，校园内奇花异草四季清香。春游校园，桃红柳绿；夏赏校园，七彩亭流光溢彩；秋观校园，明月如同碧水；冬看校园，瑞雪铺满了操场。

2016 年的最后一周，很怀念校园的生活，也很怀念这一年。年初到年尾，一路走来，谈不上顺利，也谈不上步履蹒跚。日复一日，周而复始，月月相伴，就这样到了年尾。随着新年联欢会的结束，这一年画上了一个句号，圆不圆，不重要，重要的是，那是一个句号。回味一下这一年，撕心裂肺地哭过，不求回报地傻过，无可奈何地承受过，无怨无悔地付出过，心静如水地经历过。原来认为过不去的，竟然悄悄地都过去了。只希望 2017 年，幸福多那么一点，悲伤少那么一点，心情愉快一点。2017 年我们要过得好一点。

岁月不请自来，青春不告而别。刚才看朋友圈里转发的 90 后最年轻的都成年了，三年的高中生活也就剩下半年了。回想到高一的时候，他们都是作为各自学校的尖子生来到这里。高一，互相比着学，争第一，所有人看到他们埋头苦学，每天中午一起边吃饭边学习，两年过去高考在即，为什么就大分流了呢？数学或许是原因之一。高一，数学虐我千百遍，我却待它如初见。高二，明白了，你念或者不念数学，高考就在那里，不舍不弃。你做或者不做数学，分数就在那里，不增不减。你听或者不听，老师就在那里，不悲不喜。高三了，唯有削发以明志，横刀立马骋题海，踏雪寻梅闯高考才是正道。

时间会把生命中的所有人分成两类：一类是走了的，另一类是要走的。这一年，我们见识了很多人，人与人之间的关系其实也很简单，大多都是以"我可以认识你吗"开始，以"我算是认识你了"结束。世界上比鬼怪更可怕的是人心，越到人多的地方越明白这句话！有些人，在你生命中是一场雨，让你淋尽了苦水；有些人，在你生命中是一束光，让你倍感温暖；有些人，在你生命中只是一阵风，让你散尽很多回忆……不论你遇到过或者正在遇见，从某种角度而言，都是一场不可错过的修行。

人依旧，物依旧，又是一年；想也罢，念也罢，皆是真情；今儿好，明更好。这辈子，注定我也就是一个普通中学的普通历史老师。让我卖菜去吧，我起不来这么早；开个酒吧，睡不了这么晚；开出租去，我又不认道儿；打篮球去，他们那髁膝盖老撞我后脑勺；画画去，色儿盲；唱歌儿去吧，五音不全。别的行业，已经与我无缘。我没有别的选择。三尺讲台能容我，不使人间造孽钱。好好地做一个老师，做一个好的老师。

以往的时候，我都会写一个年终总结，今年，这一篇权当是总结吧。还是那句老话：2016 年就要过去了，我很怀念它。

那年高三（十八）

2017-1-6

看到日历上的时间显示 2017，总有晃神的感觉，总觉得 2016 怎么就这样过去了。时间太瘦，指缝太宽，时光就这样在我们手中流走。2016 年，蜡笔小新就 26 岁了，葫芦娃 30 岁，黑猫警长 32 岁，哆啦 a 梦 41 岁，巴巴爸爸 46 岁，樱桃小丸子 51 岁，蓝精灵 58 岁，阿童木 65 岁，米老鼠 88 岁。

当我们还在为 2016 年多出来的这一秒如何度过而思考的时候，这些陪伴我们长大的动画人物，都已经逐渐老去。人类最搞笑的地方，在于对突然多出来的事情莫名兴奋，对于日常的事物却漠不关心，所以才有了大早上进入教室，不是静静地看书，而是在那里描眉打鬓；不是默默地做题，而是在那里插科打诨；不是悄悄地学习，而是在那里鼾声四起。这样的早到校，不如晚到校和不到校。

真的，自从我说了班级是冬日里早上亮灯比较晚的班级之后，进入 2017 年，我们成了比较早的，但又如何？上面这些不该发生的事情都发生了。亮灯不是为了追求一种形式，而是追求其内容。亮灯早，就要有早的效果，就要有早投入学习的意识。入门即学，怕苦莫入；入门即静，聒噪莫入。一入学门深似海，从此清闲成路人。

高三就不应该是有时间去关注容貌的时候。女为悦己者容，但大家哪有时间去关注你脸白不白，或者说你怎么还有大把的时间，还是清晨那么美好的时间，在教室那么美好的地方梳妆打扮？！

高三就不应该是有时间去闲聊的时候。文科生要有好口才，但大家哪有时间听你去演讲，或者说你怎么还有大把的时间，还是清晨那么美好的时间，在教室那么美好的地方口若悬河？！

高三就不应该是有时间呼呼大睡的时候。休息是为了更好地学习，但休息应该有休息的地方，何况你的生物钟怎么就调整得那么好，上课睡觉，下课准醒？真不知道晚上你在家是学的多晚，还是说教室的环境是那么地宜人，让你错把桌子当床，不知有汉，无论魏晋。

因为是高三，也因为班级里绝大多数孩子都在奋战，都在为自己的梦想去努力，也因为只是个别的孩子不在正道上，所以我可以忍，可以不发作，可以静静地看着。

那年高三（十九）

2017-1-13

考前的最后一周，考前的最后一个晚课，还是我。万般皆是命，半点不由人。这或许就是选择。叶倩文和林子祥的《选择》，也成了我现在的选择。我陪着孩子们在风起的日子笑看落花，雪舞的时节掌灯夜读。走过了春天走过秋天，送走了今天又是明天。一天又一天，月月年年，我们的心不变。孩子们，我不能陪你们到海枯到石烂，但我肯定是爱你们到地久到天长。

有人跟我说过，只是一起走过一段路而已，何必把怀念弄得比经过还长。不在这个行业，是不懂的，其实高中班主任是个很残忍的职业，他要花三年时间爱上一群捣蛋搞怪的学生，通过自己的努力慢慢把他们培养成才，然后用两天的时间离开这些舍不得的坏家伙，嘴上说着太好了，心里却翻江倒海。带下一届的学生时总会喊出上一届学生的名字，偶然有一天想想某个学生当时闹妖还会傻笑。其实他们比任何一个老师付出的都多，也比任何一个老师都更爱学生。如果你有一位唠叨的班主任，请爱戴他，因为倘若有一天你离开他的庇护，你就会发现他的臂弯是多么的温暖。

这一篇突然这么煽情，是因为这个学期又要快结束了。本学期最后一个晚课，我解放了。本学期最后一个孩子的生日，生日快乐。下周考完之后，我们会分开一段时间了，再见面，就剩下百天了。

那年高三（二十）

2017-1-20

开完了家长会，这一学期就算是结束了，小年，也就到了。小时盼过年，如今怕过年，一年又一年，眨眼几十年，何况是剩下的 100 多天。小时候，年是爸爸买回来的肉，是妈妈为我买的新衣裳，是爷爷为我们买的那一小挂鞭炮，是奶奶给的揣在兜里舍不得花的几毛压岁钱。小时候，年是期盼，是幸福。长大了，年是超市里的拥挤，是忙活了半天做好的饭菜谁都吃不下，是天南地北地奔波，是黑夜当作白天的混乱。生活越来越好，可那份快乐却离我们越来越远。真的很怀念小时候那份单纯的快乐。

年，越来越近。心，茫然不安。一年又一年，从指尖悄然流失，增长的只有年龄。不知从何时开始，过年，不再是一种渴盼和喜悦，早已沦落成一种负担和劳累。去年家长会，我就跟家长说，这个年不好过，其实，今年也不好过。过去这一年，我比以往的任何年份都疲累得多，最大的动力来自"两个孩子"（一个是我的亲生的求求，一个是一群不是我亲生但胜似亲生的学生）。我属于物欲很淡的人，对骄奢生活毫无兴趣，清心寡欲的闲淡的生活是我的追求。但为了俩娃，我感受到了真正的压力。

这世道冰冷残酷，宝相狰狞，朋友们风流云散，自顾不暇，能够支撑我们下去的，只有血缘和亲情，其余一切，均为虚妄。所以，感谢孩子，让我重新焕发生活的动力。

在漫长的冬夜里，精力旺盛的求求上蹿下跳，精力更旺盛的高三（11）班孩子们苦读乐学，而夜不能寐的我，不再考虑中国往何处去，只挂念娃们往何处去。我们是盛世的浮萍，是寄居的客家，是长夜的旅人。我老了，无所谓了，但我的孩子，理应充满阳光，理应心胸辽阔，理应热爱自由。

求求宝出生时，我是一个乡村男教师，在三尺讲台上传道授业解惑；现在的我，是一个海滨城市的男教师兼班主任。坚持写了三年的班主任笔记，而且还会继续写下去。这些文字，权当寒夜里的篝火，希望能带给孩子们温暖。

今天是小年，开开心心地过吧。

七天以后就是丁酉新年了，预祝新年快乐。

那年高三（二十一）

2017-2-28

孩子们，当你们看到这一篇的时候，其实离高考已经不足 100 天了。因为时间一直在变，因为光阴似箭，因为时间珍贵，所以我们总觉得春节的假期太短。其实按照相对论，时间可长可短，春宵花烛是短的，塞外牧羊是长的。正月酣酒苦短，加班熬夜苦长。100 天苦学是短，100 天虚度是长。从你们步入高中的那一刻开始，到今天还有不到 100 天的时间就要结束自己的高中生活，开启另一段美丽的人生了。

回想当初，你们刚刚步入高中的时候，每个人心中都立下雄心壮志，三年之后一定要实现自己的梦想，去一个自己向往的城市，理想的大学，可心的专业。现在，三年的时间即将过去，你是否还记得自己当初的梦想？你是否一直在为自己的梦想而努力？你是否相信自己在 100 天之后梦想成真？

或许你在 100 天之前过得不是那么充实，或许你在 100 天之前学得不是那么认真，所以你现在开始有点担心、有点迷茫，担心自己是否能成功，迷茫自己是否有前途。其实大可不必。武则天证明成功和性别没关系；姜子牙证明成功和年龄没关系；朱元璋证明成功和出身没关系；邓爷爷证明成功和身高没关系；马云证明成功和长相没关系；李嘉诚证明成功和文凭没关系；罗斯福证明成功和身体没关系；比尔·盖茨证明成功和学历没关系。只要方向选对了，都有一个好的结果！事实证明你不努力一切都跟你没关系。剩下的 100 天，撸起袖子加油干吧！你总不能把这个世界让给你所鄙视的人吧！

孩子们，有一种底气，叫作我能行！有一种豪气，叫作我可以！有一种霸气，叫作我最棒！要想得到这世界上最好的东西，先得让世界看到最好的自己！时间，每天都是新的！从现在开始，从醒来的那一刻起就给自己更多崭新的可能：世界上所有成功的人，都是不安于现状的人，只有积极进取的人，把握机会的人才是最棒的人！

相信自己，相信未来。相信 2017 年高考的胜利一定属于我们！

那年高三（二十二）

2017-3-11

秦始皇三十三年（公元前 214 年），秦朝大将任嚣、赵佗率军 50 万进攻岭南，统一岭南后建南海郡，郡府为"番禺"，也就是今天的广州，当时由于广州城由任嚣所修建，也称"任嚣城"。

是的，这是自长春、天津之后，我到了广州写我的班主任系列。对于突然而至的广州之行，我并没有做好准备，乃至于走的时候手忙脚乱、丢三落四。当空姐甜美的播音腔说我们即将降落在白云机场的时候，我发现我居然没有带公务卡。还好，有备案，有世荣大姐。我记忆中有许多美好的女子，她们与年少时的我擦肩而过，有缘无分，她们在许多惊涛骇浪中的淡定和大节，令中年的我肃然起敬。

这一周，班级过生日的孩子们比较集中。利用周二晚课的时间，我给他们都提前送上了礼物，因为第二天是妇女节，而我，得短暂南下五羊之城。

一个属羊的任姓之人去一个有羊城之称的任姓之人建立的城，有点意思。

身在南国，心系北国的学生，我是不是没出息？从每次考完试跟他们每一个个别谈话，到现在双基考完了，我也只是谈了几个就不怎么想谈了，因为我觉得他们敏感了，一些本无恶意的话，他们也有人听出来我有意中伤。

其实我真没有。相比较于嘲讽和黑别人，我更善于自嘲和自黑，而我也希望他们能学会自嘲和自黑。自嘲和自黑，在我看来都是正常的。我自嘲和自黑，是对岁月的唏嘘和哀鸣，就像我临走之前上课依然和学生说，我们到底该抵制谁？作为一个白发如霜的老男人，我真的没嘲笑谁。当然，如果我伤害了你，我道歉。

孩子们，再过 80 多天，你们会离开学校，离开我，你们会遇到这个社会上更多的人，但很难再遇到高中这样的老师们。以后社会上那些满嘴甜言蜜语把你哄得欲仙欲死的人，都是有所图的，而现在这试图和你讲道理并且因此令你不爽的人，他们是真诚的、尊重你的。

对了，不要因为双基懊恼，因为没有什么不可能。看看巴萨，再一次把不可能变成了可能，甚至是一定。孩子们，我们已经把不可能变成了可能，接下来，我们要把可能变成一定！

我爱你们。我只爱你们。

那年高三（二十三）

2017-3-17

从广州回来，照例还是给孩子们带了好吃的。其实每次日程都很满，但我都会给孩子们带点小礼物。这些年出差或者奖励给孩子们的吃食，有厦门的牛轧糖、北京的小麻花、广州的小糖果，有历史小考的费列罗、中秋节的小月饼，等等。在这个物价与物流齐飞的时代，买什么都不是难事，只是希望他们日后回想起曾经那份淳朴和纯真的满足。当然，我也不希望自己的每次出行影响到孩子们的备考复习，一件好事对原本的正常生活造成了影响，就不再是好事了。

进入百日冲刺阶段，苦累都是在所难免。有些苦，自己尝了就好，没必要逢人便诉；有些累，自己承受就行，没必要喊冤叫屈；有些痛，自己体会就是，没必要呼天抢地。人人都有自己的薄弱学科要强化，人人都有自己的优势学科要拔高，人人都有自己的不足要改进。诉了，喊了，哭了，顶多引来一声同情、一句理解。困难还是那些困难，烦恼还是那些烦恼，事情还是那些事情。相信，苦尽甘自来，绝处能逢生，柳暗花明的境界就在转角处。

学会勇敢面对，独自坚强；学会优雅转身，华丽转型；学会含着眼泪笑对人生；学会隐着脆弱笑对生命。要相信自己，我可以！要肯定自己，我能行！风过、雨过，你会发现一个很坚强、很勇敢、很了不起的自己。你想加油、你想更好，没人会阻挡你前进的道路，其实通往成功的路上最大的阻碍就是你自己的无知和懒惰。

高考残酷，胜者为王，败者为寇。现在虽说不是过去，但一生就这么一次高考，为什么不努力去考一个好一点的呢？每一颗韭菜，都应该寻找属于自己的牙缝。

已经不是第一次在高三任课，但这次责任尤其重大，乃至于白天是真地忙到了极致，而晚上做梦都是学生、卷子、上课，表现在身体症状上，就是咳嗽。那天给范晓艺在走廊答疑，孩子叮嘱我要注意身体，还配合有小胳膊加油的动作，那个可爱的样子让我一下子觉得嗓子好多了。

孩子们，跟你们在一起的每一天，老师都是快乐的。

那年高三（二十四）

2017-3-24

考试，又是考试。进入高三的第二个学期，考试成了家常便饭，或者说从饭变成了膳。当从单科变成了综合，一切，都有了变量：心态、解题技巧，以及其他一些不可预测的因素，比如我的头发。本来周末就该理发的，愣是担心影响学生考试发挥，忍着。若不是要出去讲学，又要再拖一周了。

综合的全称是文科综合，其实在我看来，压根就是拼盘，哪有综合的影子。跟前辈们相比，我们现在是退步了许多。在我们这个时代，跨界通才已经绝迹。有时我常觉诧异，民国之人何以就能在战火和饥贫里穿梭于不同的领域，新月派诗人会写政论，拿手术刀的可以做文豪，律宗大师懂诗词书画音乐戏剧还画过光屁股女人。而活在当代的我，又会码字又会烹点小菜，已经感觉自己出得厅堂下得厨房了，已经很跨界了。老男人的鼠目，实在没勇气面对自己那一寸长的光华。

到这个时候，其实已是泾渭分明了，我不否认还会有奇迹发生，但如果只是寄希望于奇迹而没有脚踏实地的努力，奇迹是断然不会出现的。对于每一个高三学子来说，高考成绩与理想大学是他们拼了命想抓住的稻草。现在并不是上过大学就可以扭转自己和家庭的命运，在大学如此普及的当下，好大学才是遮羞布，而上大学不是。所以，这个时候就不要自作聪明地安慰自己总会有学上的，也不要总认为自己足够聪明。就像我们总认为大脑是人身体最聪明的器官，但是你想想，这个判断是大脑自己做出的吗？

春天来了，万物复苏，孩子们，你们也应该复苏了。春天有阳光，有花香，有鸟鸣，还有久违的温暖，也许在高考这样的压力下，心中或许会有淡淡的惆怅与忧伤，但你们怕什么？！90后的你们，冒着非典上小学，踏着流感上初中，顶着甲型H1N1混完了初中，遇到过100年一遇的洪水，100年一遇的泥石流，经历过雪灾、海啸、大地震，在世界末日里死里逃生，在金融危机中活了下来，看到香港澳门回归、亚运奥运举办，见证中国改革开放，和祖国一起成长，现在成为社会的接班人，你们就是传奇的90后。

窗外，春天已经来了。

那年高三（二十五）

2017-4-2

自主招生考试报名，这或许是这一周的关键词了。孩子们初涉此事，家长们初尝此味，都在那忙活着。我也没有闲着，为孩子们做好服务，尽我所能。如果非要问我内心的真实想法，我觉得就是如果不报，或许会遗憾，如果报了，难道就没有遗憾了？如同鸡肋，食之无味，弃之可惜。

就像那些高水平艺术团和高水平运动员的招考一样，考上了固然可喜，没拿到降分也没有什么好失落的。不要后悔，信命。凡是与你擦肩而过的每个高校，那都是你命里不该得的。想不通这点，你的人生会充满着无数长吁短叹，整天忙着去痛不欲生，连静下来学习的心情都没有。

人想什么，实际上就是缺什么。最想当官的人，是没当过官的；最想出名的人，是没出过名的；最想发财的人，是没怎么见过钱的。同样，最想上大学的你们，也恰恰是因为还没有上过大学。不要轻易说大学其实无所谓，最终职场的竞争要看能力。你如果没有大学的经历，谁会给你一个显示能力的机会和平台呢？

征服一座高山顶峰，往往开始于最低谷。个别孩子现在之所以有学习挫败感，是因为太爱攀比，而且只攀比收获不攀比付出。你只见贼吃肉，没见贼挨打。

我是一个很传统的老师，对于学习之外的其他手段向来都认为是辅助，万般皆下品，唯有读书高。当然，我也可能是因为自身一无所长，唯一的爱好是读书，被误赞为"大连高中历史老师读书的种子"。其实我心里清楚，朱砂没有，红土为贵。我从来不炫耀自己饱读诗书，因为和诸多前辈比起来，我看的书，只能是九牛一毛，甚至和同一时期的南方同行相比，我也难以望其项背。更何况，我们心头的砒霜，恰恰是他人舌尖上的蜜汁；我们不忍言说的痛楚，恰恰是别人四处张扬的荣耀。

媳妇也教高三，总说累，也总是关心地问我累不累？教师生活在重压之下，如同一只背着一棵草泅渡在初春河流中的蚂蚁，以狗刨水的姿势前进，仿佛这样能望见清明后的莺飞草长，能望见永生。我们有幸生逢在这个很伟大的时代，但也只能挣扎着活下去，作为一个历史老师，要体谅自己的历史局限性。谁都无法未卜先知。奔四路上的中年男子即将不惑，半世功名已扬鞭远去，我太清楚自己要什么，不要什么。

孩子们，现实不但是残酷的，还极有可能是不堪入目的，曾经彼此心头的白月光，一不留神就被迎面浇了一盆黑狗血。孩子们，到剩下 60 多天的时间里，别前怕狼后怕虎的，不管你干什么，都会有两种结果：第一种是笑话，第二种是神话。如果你半途而废，只能成为别人眼中的笑话；但如果你成功了，就会变成他们眼中的神话。社会就是这样现实，要么不做，要么就做好它。

加油，我看好你们。

那年高三（二十六）

2017-4-13

都说春天有三个标志：气温升高，白天变长，一模出成绩。然而今年的春天，似乎比以往要令人有所期待。文科大连市一模600+有97人，而我班就占了5个之多。大连市前10名，我班也三分天下有其一。可喜可贺啊。

在意成绩是每个老师和学生的本能。说自己根本不在乎成绩，那是虚伪。但把自己全部的生活都依附在成绩上面，那像极了视钱如命的于连。

不管你赞同与否，在当下世道，成绩已经隐隐成为衡量一个学生人生成败的唯一标准。虽然在许多中国人眼里，货币是衡量人生成败的唯一标准。而作为学生，最大的硬通货是成绩，成绩自然是最直观的。一个学生已经被巨大的考试压力折腾得不谈精神层面问题了，所以我才会劝他们对于成绩，一定得看开一点，要大度。

这个时候谈学习上的互相帮助或许会让常人觉得晚，但其实不算晚。尖子生去帮助学困生并不耽误时间，尖子生之间的互相讨论也是思想的碰撞。正确认识这一点，你既可以与人笑傲江湖，也可以与人相忘江湖。要学会感激，那些扶危济困雪中送炭的恩公，确实是值得你倾尽一生去答谢的。

都说高三学生有三大苦：做不完的卷子，数不清的题，还有隔三差五的考试。其实但凡能言说的苦，都不算苦，不能言说的，才是真苦。就像有一种人，整天都笑嘻嘻的，好像和谁都合得来，但从不主动联系朋友，脾气也出奇地好，仿佛世上没有什么事情能使他们感到愤怒与悲伤。心中怀着宏伟的梦想却不愿与现实中的人分担，只是默默地做，以为能用沙砾和泥土堆出山川，这种人懒得咒骂，懒得分享心情，在人情世故中受尽冷暖后，也无心去写矫情的文字，发到QQ空间、朋友圈去换取同情。你问他怎么了？他只是一笑，当大多数人都入眠的时候，他们心中才泛起一片苦涩。没有哭过长夜的高三学子，不足以言痛苦。

我之所以这一篇《那年高三》等到现在才发布，也是想等你们哭过长夜之后。长歌当哭，定是在痛定思痛之后的。但不要忘了郑智化说过，擦干泪，不要怕，至少我们还有梦；也不要忘了张雨生说过，我的未来不是梦。

那年高三（二十七）

2017-4-21

上课，考试，体检，一周结束。我在上课，没监考，我也赶不回来陪着他们体检。一周结束。高三的时间，太快。

上课的二轮复习，基本上收尾了，剩下的边边角角，可以忽略不计了。考试这个事情，对于高三学子来说，已经是新常态，每次考试，他们都有三个算不准：算不准这次考试到底能得多少分，算不准这次考试到底会错多少题，更算不准这次考试会经历多少痛苦与幸福！

倒是体检这件事，一定是快乐得多。在学校关得久了，出来放风就很开心。检查视力的时候，我能想象他们会跟体检的医生开玩笑。比如，有一同学上去检查视力，医生指着图问这是什么，他说是山，医生又指着问这是什么，他说是 E，医生也是知道高考体检的重要性，要换成其他的，指定在他的体检报告上面写上"该生智力严重影响视力！"的话语。

当然，也有眼睛真不好的，毕竟读了 10 多年的书，等到这个孩子时，他把眼镜摘下，老师开始在前面指视力表，等了半天也不见男同学说话。就问："你倒是说话呀？"然后男同学回答说："棍在哪呢？"这个时候，排在他后面的孩子们会爆笑的……

我的缺失只能靠我的想象去弥补。开心了就笑，不开心过会儿再笑。生活中本来充满了很多乐趣，只是你从来没有发现而已。

从市一模到省协作体的模拟考试，我们最近经历了太多，乃至于有人在分分计较，居然出现了拿着卷子找老师要分的现象。我有点不理解了，难道我们忘记了我们的目标和远方，就只是记得眼前的分数了吗？这就像二战时一群走向欧洲战场的战士，从最初的慌乱，到逐渐适应炮火喧天、血肉横飞的生活，到杀人杀到麻木。"我们为何而战"这样的问题，会很难从这些战士的头脑里再冒出来。直到有一天，战士们发现了惨绝人寰的集中营，才会想起来，我们是为正义而战。

越到最后，越会想他们。班级里同学有各种可爱的个性、可敬的品质，有各种擅长的本领、独特的魅力，有各种自己的故事、传奇的过往。但有极个别同学，自私自利，毫无公德心，毫无规则意识，是一个"精致的利己主义者"，甚至是一个粗糙的利己主义者，我会感到非常遗憾。希望将来的你，将来在大学乃至社会的你，好自为之。

高三的师生们，咱们可不要因为忙于赶路，而忘了自己要去的方向。北岛曾经说过："那时我们有梦，关于文学，关于爱情，关于穿越世界的旅行。如今我们深夜饮酒，杯子碰到一起，都是梦破碎的声音。"这是一个中年人的真实内心独白。每当我很沮丧很困顿的时候，我都会在心里默念几遍，提醒自己不要做那个粉碎自己梦想的人。高三的学生，是恰同学少年风华正茂的时候，是鹰击长空鱼翔浅底的时候，是愿意到中流击水浪遏飞舟的时候，为理想拼搏，成为更好的自己，才是更有意义的事。

那年高三（二十八）

2017-4-29

这个星期是怎么开始的，我已经忘却了；这个星期是怎么结束的，我也记忆模糊了。简单的日子重复过，你可别迷糊；重复的日子简单过，你可别放弃。两次大考结束了，是时候鼓励一下孩子们了。

进入高三下半段，我几乎没有和任何一个孩子进行过正式的谈话。交谈也都是非正式的闲聊，或者就是课间简单问几句。敏感期，没办法。孩子敏感，你的言行举止可能会让他有别样的解读；家长敏感，你本来没有恶意的话，在他那里也会上纲上线。我也敏感，生怕一次谈心变成了孩子的压力和负担。语言有时候就像尖刀，说的人风轻云淡，听的人遍体鳞伤。没办法，我选择了利用成绩分析会的机会面向全体去谈，选择了用图片说话。

几幅图片，仁者见仁，智者见智，我尽量从正面去解读图片，尽量把图片与他们现在的状态相结合，尽量在一种轻松愉悦的状态下谈大是大非，用一句词，"谈笑间，樯橹灰飞烟灭"。据说别的班级已经有孩子抑郁了，我相信，咱班不会的。

记得班级组建之初，我就说过班级是有爱的。至今我仍然坚持这一观点。我爱他们，他们也爱我。爱是我们能够给予他人最珍贵的东西，很荣幸能够得到孩子们的爱。我的爱将在这里永存。在他们身上我完成了一些了不起的事情，这终将是我人生中最美好的回忆。我和他们中的很多人，不仅在朋友圈互道晚安，还能一起期待温暖的朝阳。

因为有爱，所以面对高考的学习，就不只是竞赛，还有审美，学习变成了生活，成了我们打开世界的方式，也是一段自我奋斗，草根逆袭迈进精英阶层的传奇奋斗史。曾经，有一位长者说过这样一句话："人生不仅要靠个人奋斗，还要看历史进程。"这或许就是热播剧《人民的名义》中祁同伟跨不过去的坎。而孩子们备战高考的这一段，会让他们以后回忆起来对这样一个社会更加向往：人生不仅要看历史的进程，还可以靠个人奋斗。

昨天结合划定的一本线，我用大学这样更为直观的目标予以激励。在大学的选择上，我天南海北，而对本地的学校关注极少，希望他们如百日誓师所言，太平盛世。90后的他们，应该是无谓故乡和异乡的。

　　我要让他们习惯朝异乡而去，朝宽阔的阳光而去，纵横四海。我希望他们是一群飞蛾，只逐光亮，只逐辽远。

　　孩子们，坚持实现梦想，坚持见证奇迹，坚持下去，必将铸就辉煌。

那年高三（二十九）

2017-5-5

2017年5月5日，农历丁酉年乙巳月壬辰日，立夏。立夏之"夏"本意为"大"，意指作物都开始长高长大了。在天文学上，立夏表示即将告别春天，是夏天的开始。人们习惯上都把立夏当作是温度开始明显升高，炎暑将临，雷雨增多，农作物进入生长旺季的一个重要节气，同时，也是高三学生进入备考的黄金时期。立夏之后，昼长夜短，白天的时间要多起来了，所以，不要熬夜。

这一周4天，天天都是有大事的。刚刚结束的，是毕业林的植树活动。在古代，天子亲耕于南郊，以共齐盛；王后蚕于北郊，以共纯服；诸侯耕于东郊，亦以共齐盛；夫人蚕于北郊，以共冕服。天子、诸侯非莫耕也，王后、夫人非莫蚕也，身致其诚信，诚信之谓尽，尽之谓敬，敬尽然后可以事神明，此祭之道也。在今天，植树亦是如此。种一棵树，不仅仅是树，而是希望，而是寄托，而是思念。毕业林纪念碑上的那句"翘梓且行，功夫不唐"，出自田长丰之手，也是很有文采的。植树的时候王雪晴很认真地给树培土，也是很有用心的。特意赶来看树的陈昱茜和刘海韵，也一同见证了毕业林增加了2017届的郁郁葱葱。

其实昨天本来就要种树的，青年节，也不比立夏的日子差，但不巧的是天降细雨。但不种树，也没闲着，本学期的最后一次家长会就在这一天开了。想来光阴似箭日月如梭的话不是骗人的，我的第一次家长会是2014年的11月14日，而最后一次家长会也就这样结束了。记得第一次家长会的时候我连题目都没有整一个，而这一次，我用了"坚持实现梦想，坚持见证奇迹"，剩下的30多天，唯有坚持，只有坚持，才是最好的选择。当然，作为班主任，我还是给出了六点温馨提示，内容包括剩下的时间复习需要注意的事项以及安全和保障等问题。看过昨天公众号，有人给我留言说我是个暖男，其实，我哪里是什么暖男，暖男温暖的是一个人，我就是一个烧锅炉的，希望温暖整个班级。

在家长会前，统计了关于自主招生初审的情况。今年自主招生情况很好，班级共计32人次获得了各种资格，这已经是历年来最好的情况了。希望孩子们最后都能如愿以偿，也不辜负之前的辛苦付出。趁着年轻，奋力去实现自己的梦想吧，现在，是你们离自己的梦想最近的时候了。岁数小的时候，理想是一道门槛，跨过去就实现了；别等到岁数大了，理想变成一堵墙，严严实实地挡在面前，任何人也都无法忽视墙的存在了。

　　家长会上的成绩分析，班里的同学不管是按照哪个一本线去核算，情况都很好。尖子生更是如此，谷俞辰和刘海韵，都有冲击清华北大的实力。加油吧！保持追求理想的心不动摇。人类只有追求尽善尽美，才能达到较善较美。

那年高三（三十）

2017-5-13

这一周开始的时候，距离高考正好是 30 天的距离，随着仿真考试的结束，这一周也结束了。时间在一点点地流逝，距离高考的日子越来越近，距离梦想实现也越来越近。希望他们都能不忘初心。

这一周有一件事情我特想拿来给他们励志，那就是法国的新当选总统马克龙的故事。当马克龙年纪和他们相仿的时候，他对他的老师布里吉特许下诺言："你不能摆脱我，我要回来娶你。"用了 12 年，他最终成功了。2007 年，师生恋修成正果，两人喜结连理。12 年的时间，恰恰是学生们求学以来的时间，马克龙完成了看似不能完成的任务，我相信我的孩子们也是可以的。因为高考面前人人平等，孩子们不需要"胜天半子"，只需要"顺应历史"。

说起 12，这个数字颇有意义，希腊的奥林匹斯山上住着 12 位神，12 个星座点缀着苍穹，一天是两个 12 小时，除了当今通行的十进位制计算方法外，过去人们也曾长达数世纪地使用十二进制。一打是 12 个，一年有 12 个月，连人的身上，都有十二指肠。所以，12 年的努力，一定会换来一份丰厚的回报。过去是定数，未来是礼物，只要把握好现在，就没有到不了的明天。

下周开始，就进入自主复习的阶段了，这个阶段，希望孩子们能静下心来好好梳理一下，而不是再盲目地刷题。是回归教材、回归真题、回归考纲的时候了。身体在教室里，眼睛在书本上，心思也要跟进，利用好这段时间，你必将提升到一个新的高度。因为人处在一种默默奋斗的状态时，思想就会从生活的琐碎中升华。

12 年的求学之路已经到了最后的阶段，孩子们，自己选择的路，即使最后一段坚持不住，也要挺住。

罗马之所以是罗马，全凭风雨。

那年高三（三十一）

2017-5-20

这是自主复习的一周，也是把我急坏的一周，因为不能讲课，只能干看着他们自己复习，好在他们还是有问题问我，让我帮着他们讲题，这才使得我不会觉得那么不自在。不同的职业需要不同的性格，或者说，需要不同的职业病，上课，可能就是我的职业病。

进入自主复习，则预示着距离高考只有20多天时间。而这最后的20多天对于需要大量记忆的历史学科而言却是历史复习上的"黄金时期"，是历史复习的"春天"。如何利用这有限的时间进行历史复习，最大限度地提高成绩、高效抢分呢？我在这一周自主复习的时间里，给了孩子们如下几点建议：

历史自主复习计划安排表	
日期	复习内容
5月12日晚	1.看仿真考试的答案，整理错题，修正答案 2.看书（整理中国古代史知识体系）
5月13日	1.看书（整理中国近现代史知识体系） 2.完成近三年高考题的24～31题
5月14日	1.看书（整理世界古代史知识体系） 2.完成近三年高考题的32题 3.完成限时训练卷一
5月15日	1.看书（整理世界近现代史知识体系） 2.完成近三年高考题的33～35题
5月16日	1.看阶段特征（中国史部分） 2.完成限时训练卷二
5月17日	1.看阶段特征（世界史部分） 2.看错题本，重点看知识型错误
5月18日	1.看错题本，重点看技术性错误 2完成限时训练三

续表

5月19日	1.看考试说明和考纲（系统整理知识点） 2.完成考试说明的题型示例
5月20日	1.看考试说明和考纲（系统整理知识点） 2.完成考试说明的题型示例
5月21日	1.看目录，回忆教材内容（要写出标题及关键词） 2.梳理史实，进行知识横纵向联系

当然，除了这些，这一周的我依然是和孩子们并肩战斗，精神和身体都永远和孩子们在一起，悉心为孩子们答疑解惑。现在，自主复习的时间即将结束，希望孩子们在最后剩下的时间里，技能提升，有如神助，丁酉鸡年，定有吉报！

我的理想和愿望很美好，但现实未必会如我所愿。观察自主复习这一周，明显可以看出来，个别孩子在自主复习的时候完全是在浪费时间，自己毫无章法，也不愿接受别人的指导。

孩子们，我们的内心必须有法则，否则一事无成；我们如果拘泥于死板的法则，不懂变通和创造，同样也难以成事。所以，自主复习是法则和自主的结合，谁利用得好，谁就会百尺竿头更进一步。

自主复习的这一周，也正好赶上了5·18这一天，不知道从何时起，这一天成了举行成人礼的日子，或许是因为取其谐音我十八岁吧。在我看来，其意义远不止如此。这一天，也是世界博物馆日。国际博物馆协会官方网站公布了2017年国际博物馆日的主题，主题确定为"博物馆与有争议的历史：博物馆讲述难以言说的历史（Museums and contested histories: Saying the unspeakable in museums）"。本次主题关注博物馆所发挥的社会作用：博物馆努力造福社会，致力于成为促进人类和谐共处的重要场所。该主题同时强调，接纳具有争议的过去是走向和解、畅想共同未来的第一步。

2017年国际博物馆日将围绕该主题，探讨如何理解那些令人难以接受的历史事实，而这些历史往往伴随人类历史发展的进程。同时，这一主题鼓励博物馆发挥积极作用，主动参与调解，并提供多元视角促进历史伤痛的愈合。

所以，孩子们，你们站在成人的节点，回头看要理解你们过去一些幼稚的行为和语言，因为你们从那里走来；向前看要充实自己的大脑，使自己变得成熟起来。

毕竟，成人只是你的必修课，而成熟，是你的选修课。

那年高三（三十二）

2017-5-29

这一周是高考前完整的一周，每一节课都是那么充实，都是那么的加量不加价，都是那么的不自觉拖堂。不光是我，几乎六个老师都是一个样。备战高考已经到了最后关头。俗话说得好，编筐编篓，重在收口。口收得如何，就看这一周了。

三位数倒计时的时候，我们觉得时光不老，岁月静好；两位数倒计时的时候，我们觉得光阴似箭，时间飞快；一位数倒计时时，我们觉得如果要是能再给我多一些的时间，该有多好！可惜，一切都回不去了。历史不能假设，时光无法倒流，三年里，你学的习，做的题，听的课，受的苦，吃的亏，担的责，扛的罪，忍的痛，到最后都会变成光，照亮你走向高考的路。你三年的努力不是为了过上自己梦想里的生活，而是不要过上你害怕的另一种日子。

三年前，你真心选择也好，误打误撞也好，总之你选择了上高中考大学这条路，面对自己选择的路，即使最后一段坚持不住，也要挺住。微笑着，骄傲地冲过终点线。永远都不为自己的选择而后悔，不管是过去，还是现在，亦或是未来……

孩子们，这个端午，老师希望你们学习要像吃粽子一样，不怕腻；做题要如赛龙舟一样，拼速度；考试要如饮雄黄酒一样，现原形。只有不怕腻，才能一直学得进去；只有拼速度，才能在有限时间内完成无限任务；只有现原形，才能下笔如有神。

那年高三（三十三）

2017-6-4

"小苹果"系列写了 39 篇，最后以"再见，小苹果"而结束；"文史杂记"系列写了 41 篇，最后以"大结局"而结束；"那年高三"系列到这篇是 33 篇，这让我想起了 2013 年很火的一部电影：《失恋 33 天》。

是的，到了分手的时候了。最后一次升旗，演讲，我比平时的时候感觉肃穆、庄严；最后一次课间操，我在主席台上拍照，拍小视频；最后一节课，我一如既往地贫嘴、幽默；最后一次班会，我说不尽的叮嘱、托付。

感谢大家忍耐我这两三年，感谢大家对我的不离不弃。从今以后，我就再也没有机会看着你们一起坐在这个班里了！感谢雪晴，你的情商足以胜任班长这个职务，我很难想象如果班长不是你，班级的管理会怎样；感谢德宇，你的责任心足以胜任班长的职务，从早到晚，班级的哪一个角落有问题你都能及时排除，很多事情，比老师想得都全面；感谢高歌，上了两年的先修课程，你是唯一一个敢于去参加考试的孩子，你的勇敢，让我欣慰；感谢天娇，虽然你的名字我总是会想到一个不交作业的场景，最后一次板报的设计，已经超出了我想象；感谢刘璐，最后选择了我做你的导师，我没指导什么，抱歉了；感谢昱茜，数学课代表不是一个很好做的工作，但是你做得很好；感谢赵情，从高一的时候就一直跟随着；感谢静怡，让我认识了一个真正的吃货，也别忘了你我之间的约定；感谢志崧，虽然误会过你，但应该你已经忘记了；感谢长丰，班级的介绍写得很好，写的那篇"最美老师"，我会一直收藏；感谢雨林，其实你并没有大家认为的那样寡言少语；感谢晓红，最后这段时间，你是我 QQ 空间最忠实的访问者；感谢杨琳，我们都记得，我们高三的起航，是找了一位真正的船长爸爸；感谢马鑫，让我相信"三金"在名字里出现也是会有好事的；感谢玥莹，从高一开始，你就是一个有才华的女子；感谢尤金，晚上辅导历史的时候，只要有你，我都会有个凳子坐；感谢于婷，为大家提供那么细致的思维导图；感谢志豪，你给我画的头像我会一直用下去，就是担心有一天我老了，他们说我装嫩；感谢俞辰，你对于班级学习的那种带动，是任何人都替代不了的；感谢赫雯，每一次家长会都有你忙碌的身影；感谢晓艺，才见面没几次，你就给了我一个"网瘾中年男子"的定位，认识很全面；

感谢海韵，你让我认识了学外语是真的要有天赋的；感谢雪莹，你比刘海韵勤快多了；感谢凯迪，一个话痨般的女子；感谢繁玮，班级图书角的书好像还是不够；感谢常鑫，一个暖男，温暖全班级；感谢李峥，希望我在任何地方都能听到你的好消息；感谢书宇，让我认识了"阮"这样的民乐，真有才华；感谢熙萌，虽然默默无闻，但正能量满满的；感谢善宝，班级两年的账目，一清二白，经得起检验；感谢尔冬，自从有了你，我基本不看表都知道过七点了；感谢晓辰，淡妆浓抹总相宜；感谢家淇，一个文史专家；感谢悦萦，有你，我查文科班的人数从来就没错过；感谢沁妤，两次班级的联欢会，高水平艺术团考试和学习两不误，一种在 90 后身上很难得的品质，让我相信未来可期；感谢靖赢，低调奢华有内涵；感谢雨昕，我的小老乡，照顾不周，抱歉了；感谢宋睿，你那次脚受伤以后，我才知道我真的背不动你们这样看似柔弱的小女子了；感谢彦霏，班级的卫生委员，对工作的认真态度值得全班每一个人学习；感谢美霖，不仅能看小说，还能写，很棒。

感谢在外面挂着的四位同学，毕泽鑫的义气，宋梓放的豪气，曲博的帅气，许欣然的才气，都很不错。

愿大家都能心想事成！

愿大家都能把班级后面一张张的心愿纸，变成一张张真正的录取通知书！

愿大家实现我们当初的梦想：至少"211"。

愿大家都能在 2017 年的高考中：

魁星点斗！

独占鳌头！

再见，孩子们！